Bianca

D1258680

Abby Green
La llamada del desierto

Editado por HARLEQUIN IBÉRICA, S.A.
Núñez de Balboa, 56
28001 Madrid

© 2011 Abby Green. Todos los derechos reservados.
LA LLAMADA DEL DESIERTO, N.º 2156 - 23.5.12
Título original: The Call of the Desert
Publicada originalmente por Mills & Boon®, Ltd., Londres.

I.S.B.N.: 978-84-9010-862-8
Depósito legal: M-8388-2012
Editor responsable: Luis Pugni
Fotomecánica: M.T. Color & Diseño, S.L. Las Rozas (Madrid)
Impresión en Black print CPI (Barcelona)
Fecha impresion para Argentina: 19.11.12
Distribuidor exclusivo para España: LOGISTA
Distribuidor para México: CODIPLYRSA
Distribuidores para Argentina: interior, BERTRAN, S.A.C. Vélez
Sársfield, 1950. Cap. Fed./ Buenos Aires y Gran Buenos Aires,
VACCARO SÁNCHEZ y Cía, S.A.
Distribuidor para Chile: DISTRIBUIDORA ALFA, S.A.

Capítulo 1

EL EMIR de Burquat, Su Alteza Real el jeque Kaden bin Rashad al Abbas.

Kaden miró el salón del exclusivo Club Arqueológico de Londres, abarrotado de gente. Todos estaban mirándolo, en silencio, pero eso no lo molestó. Estaba acostumbrado a ser el centro de atención.

Bajó los escalones de mármol con una mano en el bolsillo del pantalón, observando que la gente apartaba la mirada. Bueno, los hombres apartaban la mirada, las mujeres no. Como la bonita camarera que esperaba al final de la escalera y que le sonrió, coqueta, mientras le ofrecía una copa de champán. Pero Kaden no estaba interesado; demasiado joven para su escéptico corazón.

Desde que era un adolescente había sabido que poseía cierto poder sobre las mujeres. Sin embargo, cuando se miraba al espejo se preguntaba si lo que sentían era el deseo de borrar esa expresión cínica y reemplazarla con otra más amable.

Una vez había sido más amable, pero tanto tiempo atrás que ya no podía recordarlo. Era como un sueño y, como todos los sueños, algo irreal.

Entonces algo llamó su atención al otro lado de la sala. Una cabeza rubia entre las demás...

«Aun ahora».

Se maldijo a sí mismo por pensar eso y sonrió cuando el director del club se acercó a saludarlo, agradeciendo la distracción y preguntándose por qué no era capaz de controlar tan arbitraria respuesta a algo que no había sido más que un sueño.

El corazón de Julia Somerton palpitaba con tal fuerza que empezaba a marearse.

Kaden.

Estaba allí.

Había desaparecido entre la gente después de bajar por la escalera, pero esa imagen de él apareciendo de repente como un dios de pelo oscuro estaría grabada en sus retinas para siempre. Era una imagen que ya estaba grabada de forma indeleble en su corazón. No podía borrarla, por mucho que lo intentase o por mucho tiempo que pasara.

Seguía siendo tan increíblemente apuesto como el día que lo conoció. Alto, de hombros anchos, moreno, con el atractivo exótico de un extranjero, alguien que provenía de una zona más árida, más inclemente.

Estaba demasiado lejos como para verlo en detalle, pero incluso desde donde estaba había sentido el impacto de esa mirada oscura; unos ojos tan negros en los que una mujer podía perderse para siempre.

¿Y no lo había hecho ella una vez?

Le parecía increíble que pudiese impactarla de tal modo después de doce largos años. Ahora era una mujer divorciada, nada que ver con la chica idealista que había sido una vez, cuando lo conoció.

La última vez que se vieron acababa de cumplir veinte años, unas semanas antes que él, algo sobre lo que Kaden solía tomarle el pelo diciendo que estaba con una «mujer mayor».

Al recordar eso se le encogió el corazón tan violentamente que tuvo que llevarse una mano al pecho...

–Julia, ¿estás bien? Te has puesto muy pálida –dijo Nigel, el director de la fundación para la que trabajaba.

Ella sacudió la cabeza, dejando su copa sobre una mesa.

–Debe de ser el calor –logró decir, casi sin voz–. Voy a... tomar el aire un momento.

Julia se abrió paso entre la gente, sin mirar a un lado o a otro, en dirección a la terraza que daba al jardín.

–No te vayas muy lejos, tienes que dar tu discurso –le advirtió Nigel.

Cuando por fin salió a la terraza, respiró profundamente para llevar oxígeno a sus pulmones. A mediados de agosto, cuando el calor en Londres era más opresivo, ella estaba temblando. El aire olía a tormenta y el cielo estaba cubierto de nubes, pero Julia no veía nada de eso. Como no veía el maravilloso jardín lleno de flores exóticas llevadas hasta allí por exploradores de todo el mundo.

Estaba tan angustiada que tuvo que sujetarse a la balaustrada de la terraza, perdida en los recuerdos. Tantos recuerdos y tan vívidos como si todo hubiera ocurrido el día anterior.

Sintió entonces que una lágrima rodaba por su rostro y, de repente, experimentó una insoportable sensación de tristeza.

¿Pero cómo podía ser? Ella era una mujer de treinta y dos años, una mujer madura, dirían algunos. En lo mejor de la vida, dirían otros.

Pero el día que tomó un avión para marcharse del emirato de Burquat, en la península arábiga, algo dentro de ella había muerto. Y aunque había seguido con sus estudios, superando sus propios sueños al conseguir un doctorado y un máster, y había amado a su marido en cierto modo, nunca había vuelto a ser tan feliz como lo fue en Burquat. Y la razón estaba en aquella sala llena de gente.

Lo había amado tanto...

—Doctora Somerton, es hora de su discurso.

Esa petición la devolvió al presente y, sacando fuerzas de flaqueza, Julia se dio la vuelta. Iba a tener que hablar delante de toda aquella gente durante quince minutos, sabiendo que él estaría mirándola.

¿Recordando?

Tal vez ni siquiera la recordaría, pensó entonces. Desde luego, Kaden había tenido relaciones con suficientes mujeres desde entonces como para que su recuerdo se hubiera convertido en un simple borrón. Odiaba admitirlo, pero estaba tan al corriente de su vida amorosa como cualquier persona de la calle gracias a las revistas del corazón.

Tal vez ni siquiera su rostro le resultaría familiar. Tal vez no recordaría las noches en el desierto, cuando sentían que eran las únicas personas en el mundo bajo un interminable cielo estrellado. Tal vez no recordaría la emoción de convertirse en amantes, la primera vez para los dos, y cómo su ingenuidad pronto se había convertido en una pasión insaciable.

Tal vez ni siquiera recordaría lo que le había dicho bajo las estrellas:

–Siempre te querré. Ninguna otra mujer podrá ser la dueña de mi corazón como lo eres tú.

Y tal vez no recordaría aquel día terrible en el precioso palacio real de Burquat, cuando de repente se volvió frío, distante y cruel.

Convencida de que un hombre como Kaden la habría apartado de sus recuerdos, y conteniendo el deseo de salir corriendo, Julia esbozó una sonrisa mientras se dirigía a la tarima, intentando desesperadamente recordar de qué demonios trataba el discurso.

–Julia Somerton está a punto de dar su discurso, señor. Tengo entendido que utilizó sus investigaciones en Burquat para conseguir el doctorado –estaba diciendo el director del club–. Tal vez la conoció usted entonces. Ahora se dedica a recaudar fondos para varios proyectos arqueológicos.

Kaden miró al hombre que se había abierto paso entre la gente para saludarlo y asintió con la cabeza. El director del club arqueológico lo había invitado con la intención de conseguir una aportación económica para su proyecto, pero él estaba demasiado distraído como para mantener una conversación.

Julia Somerton... no, no podía ser ella.

Aunque no había habido otra Julia en Burquat, intentaba convencerse a sí mismo de que se trataba de otra persona.

Entonces era Julia Connors, no Somerton. Aunque una vocecita le decía que podría estar casada. De hecho, sería lo más lógico ya que también él se había casado.

Al recordar su matrimonio, Kaden volvió a sentir una oleada de furia... pero no debía recordar el pasado.

Y, sin embargo, una parte de su pasado que se había negado a desaparecer a pesar del tiempo estaba frente a él en aquel momento.

Si era ella.

Su corazón empezó a latir, desbocado.

En la sala se había hecho el silencio y cuando Kaden vio subir a la tarima a una mujer rubia con un elegante vestido negro de cóctel, el mundo pareció detenerse.

Era ella, Julia.

Sobre una tarima, como el pedestal en el que él

la había colocado doce años antes; un pedestal donde no tenía derecho a estar. Pero, afortunadamente, algo había evitado que cometiese el mayor error de su vida.

Intentando sacudirse esos recuerdos, Kaden se concentró en Julia. Su voz era suave, un poco ronca, algo que lo había atraído desde el momento que la conoció. Entonces llevaba una camiseta, vaqueros llenos de polvo y un sombrero de safari que ocultaba parcialmente su rostro, pero tenía una figura tan sensual que se había quedado sin habla.

Entonces solo tenía diecinueve años y seguía pareciendo una niña. Ahora era más esbelta. De hecho, había en ella una fragilidad que no tenía antes.

Aquella mujer no tenía nada que ver con la joven cubierta de polvo que conoció doce años atrás. Con su pelo rubio sujeto en una coleta baja, la raya a un lado y el vestido de cóctel, era la elegancia personificada. Pero su elegante imagen no conseguía detener el torrente de imágenes carnales que aparecían en su mente... y en tal detalle que empezó a excitarse sin remedio.

No debería afectarlo de ese modo, pero así era. Aquello era inconcebible.

Pero lo cierto era que ninguna mujer lo había excitado como lo excitaba Julia. Jamás había vuelto a perder el control como lo había perdido con ella.

Y nunca había sentido un ataque de celos como el que sintió al verla en brazos de otro hombre...

Lo vívido de ese recuerdo casi lo mareaba y

tuvo que hacer un esfuerzo para apartarlo de su mente.

Aquella mujer había sido una valiosa lección y desde entonces nunca había dejado que sus más bajos instintos le hiciesen perder la cabeza. Y, sin embargo, todo eso parecía olvidado en aquel momento.

Sorprendido por su reacción, e irracionalmente furioso con ella, Kaden apretó los labios. Oyó reír a los invitados en reacción a algo que ella había dicho y, más inquieto que nunca, murmuró una disculpa antes de salir a la terraza.

En cuanto el discurso de Julia terminase se marcharía de allí y jamás volvería a verla.

Julia bajó de la tarima. Había tenido que hacer un esfuerzo sobrehumano para recordar su discurso cuando vio la cabeza morena de Kaden destacando entre todas las demás, sus ojos negros clavados en ella. Pero entonces, con un abrupto movimiento, lo había visto abrirse paso entre la gente para salir a la terraza. Y después de eso había tenido que hacer un esfuerzo sobrehumano para concentrarse.

Afortunadamente, su jefe en la fundación se acercó en cuanto terminó de dar el discurso y cuando la tomó del brazo no se apartó como solía hacer.

Desde su divorcio un año antes, Nigel había dejado bien claro su interés por ella, a pesar de que Julia lo desanimaba constantemente.

Esa noche, sin embargo, necesitaba todo el apoyo

posible. Y si pudiera marcharse de allí cuanto antes, tal vez podría olvidar que había vuelto a ver a Kaden.

Nigel hablaba sin parar, pero Julia no era capaz de concentrarse en lo que decía porque veía dónde la llevaba: hacia las puertas de la terraza. Allí había un hombre de espaldas, alto, de anchos y poderosos hombros, el pelo negro como el ébano rozando el cuello de la chaqueta, exactamente igual que el día que lo conoció.

Como una niña recalcitrante, Julia clavó los tacones en la alfombra, pero Nigel, que no se daba cuenta, seguía tirando de ella.

—Es un emir, así que no sé cómo debemos llamarlo... tal vez Alteza. Sería fabuloso que se interesara por la fundación.

En ese momento, Julia recordó el día que conoció a Kaden. Llevaba apenas un par de semanas trabajando en la expedición arqueológica de Burquat y estaba inclinada limpiando fósiles con su brocha cuando un par de zapatos apareció en su línea de visión.

—No siga —le advirtió—. Está a punto de pisar un fósil que seguramente lleva en esta región más de treinta mil años.

—¿Siempre saluda a la gente con tanto entusiasmo? —lo oyó replicar.

Julia apretó los dientes. Desde que llegó a Burquat había sido objeto de deseo y especulación por parte de muchos hombres, pero no se hacía ilusiones; siendo la única mujer entre cincuenta arqueólogos era de esperar.

–Si no le importa, estoy trabajando.

–Sí me importa, soy el príncipe Kaden y quiero que me mire cuando hable conmigo.

Julia había olvidado por completo que el emir de Burquat iba a visitar la excavación ese día con su hijo...

Cuando por fin levantó la mirada, el sol le daba en los ojos y solo pudo ver una alta y formidable figura.

Quitándose los guantes, se incorporó... para encontrarse cara a cara con el hombre más guapo que había visto en toda su vida. La túnica blanca destacaba su tez bronceada y sus anchos hombros y, aunque llevaba turbante, unos rizos oscuros escapaban por detrás. Y tenía unos ojos negros que parecían hipnotizarla.

Abrumada de repente, Julia se quitó el sombrero y le ofreció su mano...

–Y esta es la doctora Somerton, nuestra directora de Recursos, cuya labor recaudando fondos para nuestras excavaciones es fundamental para la fundación.

El pasado se mezcló con el presente y Julia se encontró ofreciéndole su mano a Kaden en la terraza.

Kaden, con un traje de chaqueta oscuro y una camisa blanca abierta en el cuello, tenía un aspecto imponente e infinitamente más formidable que cualquier otro hombre.

No había perdido pelo ni tenía barriga después de tantos años. Al contrario, exudaba virilidad, vitalidad y un magnetismo sexual más poderoso que nunca.

El puente de su nariz, ligeramente torcido, aumentaba esa sensación de peligro. Recordaba el día que se lesionó mientras jugaba al brutal juego nacional de Burquat...

Y se le encogió el corazón al ver que sus facciones eran más marcadas ahora. Aunque su boca era tan sensual como recordaba; el labio inferior grueso y el superior ligeramente más fino. Le encantaba pasar un dedo por sus labios...

Era una boca que inspiraría deseo hasta en la más descreída de las mujeres.

La fuerza de ese deseo sorprendió a Julia. Pero no podía seguir deseándolo después de tantos años... ¿o sí?

Kaden la miraba tan fijamente como lo miraba ella, pero eso no era ningún consuelo. Resultaba evidente que la había reconocido, pero también que no le gustaba aquel encuentro.

La mano de Kaden envolvió la suya y un millón de sensaciones explotaron por todo su cuerpo...

Demasiado civilizado como para cometer una grosería como negarle su mano, Kaden apretó los dientes ante el inevitable contacto, pero no sirvió de nada. El mero roce de su piel lo hizo desear apretarla contra su pecho, acariciarla como lo hacía antes...

Le gustaría redescubrir a aquella mujer y el deseo era tan fuerte que desató una tormenta de proporciones gigantescas en su interior.

Se preguntó entonces cuándo estrechar la mano de una mujer había provocado tal reacción...

Pero él lo sabía muy bien: doce años atrás, bajo el inclemente sol del desierto de Burquat, entre polvorientas reliquias, cuando aquella misma mujer lo miró con una tímida sonrisa en los labios.

Derrotado, Kaden tuvo que reconocer que su deseo de marcharse de allí y olvidar que había vuelto a verla se disolvía en una nube de deseo.

Capítulo 2

EL ROCE de su mano provocó en Julia un pequeño terremoto y Kaden no parecía dispuesto a soltarla... tan poco dispuesto como ella. Reconocer eso la avergonzó y, sin embargo, no parecía encontrar energía para apartar la mano.

Cuando lo miró a los ojos sintió una emoción tan poderosa, un anhelo tan profundo, que casi la asustó. Tuvo que hacer un esfuerzo para recordar dónde estaba y con quién, pero era casi imposible. La realidad era que estando tan cerca de Kaden no podía ver a nadie más.

Y, de repente, él dejó de mirarla para mirar a Nigel. Había soltado su mano y una oscura y premonitoria nube parecía haberse instalado sobre sus cabezas.

—Encantado de conocerlo, Alteza —empezó a decir Nigel, nervioso.

—Lo mismo digo —murmuró él, volviéndose hacia Julia—. Doctora Somerton.

Su voz era tan dolorosamente familiar que le gustaría poder agarrarse a algo para mantenerse firme.

El director del club arqueológico estaba hablando

con Kaden, pero su voz parecía llegar desde muy lejos...

–Tal vez ya se conocen, doctora. Cuando estuvo en Burquat...

Julia miró a Kaden, sin saber qué decir, y él esbozó una parodia de sonrisa antes de responder:

–Sí, creo recordar que nos vimos alguna vez. ¿Para qué estuvo en Burquat?

Su rechazo era tan doloroso que Julia estuvo a punto de dar un paso atrás. La horrible sensación de soledad que había experimentado cuando se marchó de Burquat doce años antes tan fresca en su mente y su corazón como si hubiera sido el día anterior.

Tal vez pensaba que estaba evitándole un momento incómodo, pensó entonces, recordando cómo le había suplicado aquel último día.

Haciendo un esfuerzo, logró esbozar una sonrisa tan amable y distante como la suya.

–Fue hace tanto tiempo que tampoco yo lo recuerdo. Y si no me necesitan, me temo que debo disculparme. He vuelto esta tarde de Nueva York y el cambio de horario empieza a afectarme.

–¿Su marido la espera en casa? ¿O tal vez está aquí? –preguntó Kaden.

Julia se quedó sorprendida por la pregunta. ¿Cómo se atrevía a fingir que no la recordaba y hacer luego una pregunta tan personal?

–No estoy casada, Alteza. Mi marido y yo estamos divorciados.

A Kaden no le gustó nada la cascada de emociones que provocó esa respuesta. Pero había imaginado que Julia volvería a casa para ser recibida por un hombre sin rostro y la furia que provocó esa imagen lo había obligado a hacer la pregunta.

—¿Y por qué sigue usando el apellido de casada? —insistió, sin poder contenerse.

—Es más sencillo porque todo el mundo en la profesión me conoce como doctora Julia Somerton. Pero tengo intención de cambiarlo en el futuro.

Era como si estuviese en una burbuja con aquella mujer, pensó Kaden; sus acompañantes olvidados por completo.

En ese momento Nigel se acercó perceptiblemente a ella para tomarla del brazo, en un gesto notoriamente posesivo.

Un segundo antes, Julia había deseado poder apoyarse en algo o alguien, pero se apartó, notando el gesto sorprendido de Nigel y el del director del club arqueológico, que miraba de unos a otros con cara de no entender nada.

Había sido presentada como una mera formalidad. A partir de aquel momento, era Nigel quien debería intentar recabar la ayuda del jeque para sus excavaciones, de modo que ella podía marcharse.

Y de haber sabido que Kaden estaría allí aquel día habría encontrado cualquier excusa para no acudir al club.

—Encantada de volver a verlo, Alteza —se despidió.

Ignorando la mirada sorprendida de Nigel y la actitud fría de Kaden, se dio la vuelta. Le pareció que tardaba una eternidad en atravesar el salón y estaba casi en la puerta cuando sintió una mano en su brazo.

–¿Me vas a contar qué ha pasado? –exclamó Nigel.

–Nada –respondió ella–. Estoy cansada y quiero irme a casa, eso es todo.

Esperaba que el pánico que sentía no se notara en su voz, pero cuando sacó el tique para recoger su chaqueta del guardarropa vio que le temblaban las manos.

–Es evidente que conoces al jeque. Habría que estar ciego y sordo para no darse cuenta.

Julia suspiró.

–Nos conocimos hace muchos años, en Burquat. Aunque no es asunto tuyo.

–Es asunto mío si perdemos un posible patrono de la fundación porque tuvo una relación con mi directora de Recursos.

Julia lo miró entonces, muy seria.

–Imagino que el jeque será lo bastante maduro como para no dejar que ese incidente afecte su decisión. En cualquier caso, más razón para que me marche. No quiero ser un estorbo.

–Lo siento, Julia. Perdóname –se disculpó Nigel–. ¿Cenamos juntos esta semana?

Ella tuvo que contener el deseo de decir que sí para aplacarlo. Ver a Kaden la había alterado de un modo tan profundo que no era capaz de razonar.

–Lo siento mucho, Nigel. Lo he pensado bien

y... no estoy preparada para salir con nadie todavía. Nos vemos mañana en la oficina.

Después de eso salió del club con el corazón acelerado. Lo único que quería era llegar a su casa y olvidar que el pasado había vuelto a encontrarse con ella de repente.

Kaden debería haberse olvidado de Julia en cuanto se dio la vuelta, como hacía con todas sus examantes. Pero no fue así. El deseo de seguirla era tan fuerte que tuvo que hacer un esfuerzo para tranquilizarse. Especialmente cuando ese hombre que había tenido la temeridad de tomarla del brazo fue tras ella como un perrito.

Kaden se disculpó ante el sorprendido director del club y se abrió paso entre la gente, ignorando los murmullos que dejaba a su paso. Se sentía curiosamente eufórico y primitivo, como un predador en el desierto, un águila que hubiera visto su presa y no pudiera descansar hasta atraparla.

Era un incómodo recordatorio de lo que había sentido desde el momento que conoció a Julia, cuando perdió la cabeza y se dejó llevar por un sueño tan peligroso como el inducido por un opiáceo. Lo que sentía por ella era demasiado fuerte, demasiado irracional...

Y cuando llegó al vestíbulo y vio que Julia había desaparecido, se sintió absurdamente afligido.

¿Por qué sentía aquella desolación, aquel deseo que no le permitía estar quieto? Julia y él habían roto doce años antes, no había absolutamente nada entre ellos.

Disgustado consigo mismo, Kaden llamó a su hombre de seguridad, decidido a marcharse de allí y hacer lo que debía hacer: olvidarse de Julia Connors... Somerton.

No tenía el menor deseo de revivir el pasado, cuando estuvo a punto de dejar que su corazón rigiese sus actos, olvidando sus deberes y responsabilidades. No podía permitirse ese lujo. Nunca volvería a permitírselo.

Julia salió del club y miró el cielo, cubierto de oscuras nubes que amenazaban con descargar en cualquier momento. Si estuviera de mejor humor, podría haber apreciado la ironía.

Pero la auténtica ironía era que últimamente había tenido unos turbadores sueños en los que Kaden era el protagonista.

En ese momento, el cielo se abrió y empezó a llover a cántaros. Julia miró a un lado y otro de la calle, pero no veía ningún taxi...

Miró entonces la puerta del club. El edificio seguía allí, inocente, benigno, todas las luces encendidas... incluso podía oír las risas que llegaban del interior.

Pero no podía volver. No podía enfrentarse con la expresión cínica de Kaden, que la miraba como si no hubiese habido nada entre ellos.

Por el rabillo del ojo vio un elegante coche negro deteniéndose a un metro de ella y, de repente, todo pareció ocurrir a cámara lenta. Vio que llevaba la bandera de Burquat y también que otro coche lo seguía, seguramente el de los escoltas...

Empapada e incapaz de moverse, Julia se sintió transportada a las calles de Burquat cuando Kaden y ella escaparon riendo de sus guardaespaldas para esconderse en un jardín secreto. Una vez allí, Kaden la empujó contra el muro y le quitó el velo que escondía su cara para besarla por primera vez...

Solo cuando vio la alta figura de Kaden saliendo del coche volvió a la realidad.

La lluvia parecía rebotar en él, creando un halo de gotitas alrededor de su cabeza...

Julia dio un paso atrás, sin dejar de mirarlo como hipnotizada.

—¿Quieres que te lleve a algún sitio, Julia?

La manera en que pronunciaba su nombre, con ese exótico acento, hizo que se le encogiera el estómago.

—No necesito que me lleves a ningún sitio —respondió por fin.

Pero cuando iba a cruzar la calle, Kaden sujetó su brazo. Estaba tan cerca que podía ver su pelo empapado, su hermoso rostro, sus preciosos ojos negros y las gotas de lluvia deslizándose por sus altos pómulos...

—¿Qué quieres, Kaden? ¿O debería utilizar tu título? —le espetó, con amargura—. Hace un momento has querido dar la impresión de que hablabas con una desconocida. De hecho, me sorprende que recuerdes mi nombre.

–Recuerdo muy bien tu nombre, Julia –dijo él, con un tono que no pudo descifrar–. Estás empapada –añadió, solícito–. Mi apartamento no está lejos de aquí. Allí podrás secarte.

El miedo se mezcló entonces con algo mucho más primario. ¿Ir con Kaden a su apartamento?

Hacía mucho tiempo que no sentía ese escalofrío de deseo, y pensar que aquel hombre había sido el único en provocarlo la turbaba. Y mucho más que pudiera seguir haciéndolo doce años después.

–No, gracias –dijo por fin–. No quiero molestarte.

–No es ninguna molestia.

–Puedo tomar un taxi –insistió ella–. ¿Por qué has parado?

–Te he visto bajo la lluvia... ha sido una sorpresa.

También lo había sido para ella.

No volvería a ver a Kaden después de esa noche, estaba segura. Aquel encuentro había sido una monumental casualidad y sentía cierta curiosidad...

Había sido su primer amante, su primer amor. ¿Su único amor?

Antes de que hubiera podido aplastar tan turbador pensamiento, Kaden la llevaba hacia el coche como si hubieran llegado a un acuerdo tácito y Julia se sentía demasiado débil como para protestar.

Después de ayudarla a subir dio la vuelta para entrar por el otro lado y le dio una orden en árabe al conductor. El coche arrancó con tal suavidad que Julia solo sabía que estaban moviéndose porque el paisaje al otro lado de la ventanilla iba cambiando.

Kaden no podía dejar de mirarla. Podía ver sus largas pestañas, el bultito en la nariz que le daba un perfil aquilino y su boca...

Solía estudiar la boca de aquella mujer durante horas, obsesionado por la perfecta curva de su labio superior, en forma de arco. Una vez había conocido ese perfil tan bien o mejor que el suyo propio...

Llevaba una chaqueta ligera, pero la lluvia la había empapado y el vestido negro se pegaba a su cuerpo como una segunda piel. Podía ver un retazo del encaje negro del sujetador mientras su pecho subía y bajaba cada vez que tomaba aire.

Kaden apartó la mirada, furioso por su inusual falta de control. Había decidido apartarla de su mente por completo mientras salía del club, pero entonces la había visto caminando por la acera con ese paso suyo tan informal y tan sensual al mismo tiempo, como si no se diera cuenta de lo sexy que era.

No debería sentir aquel deseo por Julia, como si no se hubieran separado doce años antes...

Cuando ella se marchó de Burquat, Kaden se había dicho a sí mismo que no podía olvidarla porque había sido su primera amante. Pero no podía negar que el placer que habían encontrado juntos

había sido algo más que la emoción de dos amantes descubriendo terreno desconocido. Nunca había experimentado sensaciones tan intensas con
otras mujeres porque, sencillamente, no eran Julia.
Y reconocer eso era como un cataclismo.

Julia podía sentir los ojos de Kaden clavados en
ella, pero estaba decidida a no mirarlo. Cuando estaban juntos siempre la miraba con una intensidad...
como si quisiera devorarla. Entonces la emocionaba
que fuera así y la asustaba al mismo tiempo. Su intensidad era tan oscura, tan atractiva. Pero también
había sentido esa intensidad el día que se volvió
contra ella.

Si lo miraba ahora y veía en sus ojos esa misma
expresión...

Julia levantó una mano para tocarse el cuello
con gesto nervioso y dejó escapar un suspiro de
alivio al notar que no llevaba puesta la cadena.
Siempre llevaba una cadenita de oro que Kaden le
había comprado en Burquat. A pesar de lo que había ocurrido entre ellos, seguía poniéndosela cada
día... salvo cuando viajaba, por miedo a perderla.

La única razón por la que no la llevaba en ese
momento era que se había vestido a toda prisa para
ir al club en cuanto llegó de Nueva York.

Si hubiese llevado la cadena aquel día, habría
sido como llevar una placa que dijera: «Sigues sig-
nificando algo para mí». Pero se daba cuenta de lo
tristemente cierto que era eso.

—Ya hemos llegado.

El coche se había detenido frente a un edificio

de aspecto elegante y un conserje uniformado le abrió la puerta del coche, resguardándola bajo su paraguas.

Seguía lloviendo y Julia sintió un escalofrío, incómoda con la ropa mojada.

Kaden señaló la puerta y, sin pensar, ella lo siguió como una autómata. Poco después estaban en un elegante ascensor y cuando las puertas se abrieron, directamente en un lujoso ático, tuvo que contener una oleada de pánico.

Era un edificio antiguo, pero el apartamento había sido reformado y estaba decorado con un estilo contemporáneo. Los ventanales desde los que se veía toda la ciudad y los suelos de madera clara daban una sensación de espacio y lujo informal.

Kaden estaba a su lado y, cuando sus ojos se encontraron, le resultó difícil respirar.

—Hay un dormitorio con baño —le dijo, señalando una puerta—. No te preocupes, alguien se encargará de secar tu ropa.

Ella lo miró, aliviada.

—¿Tienes un ama de llaves?

Kaden negó con la cabeza.

—No, pero alguien se encargará de hacerlo. Mientras tanto, te prestaré ropa seca.

¿Cómo podía haber olvidado a los silenciosos empleados que estaban siempre presentes pero invisibles, dispuestos a cumplir todo tipo de órdenes, desde servir un fabuloso desayuno a levantar exóticas tiendas beduinas en el desierto?

Julia entró en el dormitorio y cerró la puerta antes de apoyarse en ella. Aunque Kaden no iba a entrar por la fuerza, consumido por una incontrolable oleada de deseo...

Sacudiendo la cabeza, como si así pudiera recuperar la cordura, Julia se quitó los zapatos y entró en el cuarto de baño, que tenía un enorme jacuzzi y una ducha para dos personas.

Cuando se miró en el espejo, dejó escapar un suspiro. Tenía el pelo empapado y se le había corrido el rímel...

Sulfurada, se quitó la ropa mojada y la dejó en el saloncito, sobre una toalla. Luego volvió al baño y miró el jacuzzi un momento, pero decidió entrar en la ducha. Darse un baño en el apartamento de Kaden le parecía demasiado... íntimo.

Aunque estar desnuda bajo la ducha le parecía también ilícito y perverso. Y saber que Kaden estaba a unos metros de ella, desnudo bajo otra ducha, era tan excitante...

Dejando escapar un suspiro de rabia por tan inapropiados pensamientos, Julia levantó la cabeza para sentir el agua en la cara, decidida a marcharse de allí lo antes posible.

Después de ducharse y cambiarse de ropa, Kaden se acercó a la puerta de la habitación, pero vaciló antes de llamar. Lo único que podía ver era a Julia con esa ropa mojada... no debería parecerla tan bella, pero se lo parecía.

Normalmente, cuando se sentía atraído por una mujer, tenía una aventura con ella.

Pero Julia no era cualquier mujer. Julia y él tenían un pasado amoroso...

Kaden descartó ese pensamiento de inmediato. Nunca había estado enamorado de ella. Durante un tiempo había creído que era así, pero solo se trataba de una atracción física. Abrumadora, desde luego, pero nada que ver con el amor.

Había aprendido desde muy joven a no confiar en el amor. Su padre se había casado enamorado, pero tras la muerte de su madre durante el parto de su hermana pequeña, Kaden había visto que el amor era capaz de destrozarte la vida. Porque desde ese día, el poderoso emir de Burquat se había convertido en la sombra del hombre que había sido y Kaden, que algún día tendría que gobernar su país, no podía permitir que una frívola emoción lo abrumase como lo había abrumado a él.

Su padre había vuelto a casarse, pero en aquella ocasión por razones prácticas. Desgraciadamente, su segunda esposa era una mujer fría y manipuladora y eso había incrementado la impresión negativa de Kaden sobre el amor y el matrimonio. Los recuerdos de los tiempos felices, cuando su madre vivía, pronto habían empezado a parecerle un sueño, algo irreal.

Sin embargo, cuando conoció a Julia se había olvidado de todo eso. Y si no la hubiera visto con otro hombre, si no hubiera descubierto que lo había traicionado...

Kaden se maldijo a sí mismo por esos pensamientos.

Después de llamar con los nudillos esperó unos segundos y, al no recibir respuesta, empujó la puerta. La del baño estaba medio abierta y, como en trance, tomó la ropa mojada de Julia del salón y dejó la ropa seca sobre la cama.

La ropa olía a ella... seguía usando ese perfume de lavanda y, por alguna razón, eso lo puso furioso, como si el perfume estuviera riéndose de él.

Un ruido hizo que levantase la cabeza. En la puerta del baño, envuelta en una toalla, estaba Julia y la oleada de deseo que experimentó al verla fue como un puñetazo en el plexo solar. Sus largas y bien torneadas piernas desnudas, como sus pálidos hombros y sus brazos...

Kaden volvió a maldecirse a sí mismo por haberla llevado allí. Lo último que necesitaba en aquel momento era abrir puertas que deberían permanecer cerradas para siempre.

—Pediré que alguien se encargue de secar esto —le dijo—. Por el momento, puedes ponerte esa ropa seca.

Julia, que se había quedado inmóvil al verlo, dio un paso adelante.

—Prefiero ponerme mi ropa y volver a casa.

—No seas boba. Acabarás con neumonía si te pones esta ropa mojada.

Julia alargó una mano hacia él.

—No me importa. Creo que venir aquí no ha sido buena idea y debería marcharme.

Capítulo 3

EL SILENCIO se alargó. Julia no podía averiguar qué había detrás de esos ojos negros como la noche.

Pero entonces Kaden dio uno paso adelante y ella dio uno atrás, con el corazón acelerado.

–¿De qué tienes miedo, de no poder controlarte?

Julia sacudió la cabeza, atónita.

Unos segundos antes había visto un brillo de frialdad en sus ojos y, de repente, estaba reconociendo el deseo que había entre ellos.

Un deseo que era como una fuerza tangible. Julia recordó entonces lo que sentía al tener el cuerpo desnudo de Kaden entre sus piernas, empujando dentro de ella con increíble fuerza...

Por un momento, casi no podía respirar.

–Dame mi ropa, Kaden.

Él se dio la vuelta sin hacerle caso y Julia miró los vaqueros y la camisa gris sobre la cama

–No voy a ponerme ropa de otra mujer –le espetó–. Me iré de aquí con la toalla si es necesario.

–Haz lo que quieras –replicó él–. Pero no hay necesidad. Esa ropa es de Samia, mi hermana pequeña. Debéis de tener la misma talla.

Julia lo miró, sorprendida.

–Sí, recuerdo a Samia.

Siempre le había gustado la hermana pequeña de Kaden, una chica muy estudiosa y tímida. Pero antes de que pudiera decir nada más, él salió de la habitación y cerró la puerta.

Derrotada, Julia se quitó la toalla y tomó los vaqueros, bajo los que había una bolsita con unas bragas nuevas. Le quedaban un poco ajustados y se sentía desnuda sin sujetador. Sus pechos no eran grandes, pero no estaba acostumbrada a ir sin él.

En fin, no podía hacer nada por el momento, pensó. Era eso o el albornoz que había visto en el cuarto de baño. Y no se sentía con fuerzas para enfrentarse con Kaden en albornoz.

Suspirando, volvió al baño para secarse el pelo con el secador. Le quedó un poco encrespado, pero tampoco podía hacer nada al respecto. Además, ella no quería impresionar a Kaden.

Julia tomó sus zapatos y respiró profundamente antes de salir de la suite.

Kaden estaba frente al ventanal del salón, mirando la ciudad de Londres, y algo en su postura le dio una tremenda impresión de soledad.

Pero cuando se volvió con expresión irónica pensó que, como siempre que se trataba de él, estaba equivocada.

–Voy a pedir un taxi. Mañana enviaré a alguien a buscar mi ropa.

Kaden apretó la copa que tenía en la mano.

Debería decir: «Sí, es lo mejor» porque Julia no

debería estar allí. Pero teniéndola delante no era capaz de pensar con claridad.

Llevaba los vaqueros y la camisa que había dejado sobre la cama, el pelo cayendo sobre los hombros. Viéndola así, despojada de la capa de sofisticación que le daba el vestido de cóctel, parecía la chica de diecinueve años a la que había conocido en Burquat.

Sus ojos le habían parecido siempre tan misteriosos...

Cuando la conoció pensaba que eran de color azul, pero de cerca había visto que eran grises.

La camisa de seda dejaba poco a la imaginación y, al notar que sus pezones se marcaban bajo la tela, su cuerpo respondió con una fuerza inusitada. Los vaqueros eran demasiado estrechos, destacando la curva de sus caderas y sus muslos. Le gustaría que se diera la vuelta para ver su trasero. Julia siempre había tenido un trasero precioso y unos pechos generosos en contraste con su esbelta figura.

Por primera vez en muchos años, Kaden tuvo que hacer un esfuerzo sobrehumano para controlarse. Pero no podía dejarla marchar.

—Por favor... —empezó a decir Julia—. No me mires así.

—¿Así cómo? Eres una mujer preciosa. Imagino que estarás acostumbrada a que los hombres te miren.

Julia sintió que le ardían las mejillas al recordar lo que había ocurrido antes de irse de Burquat. Cómo el hombre la había abrazado de tal modo que sintió como si estuviera ahogándose cuando lo único que ella quería...

Pero decidió cortar por lo sano con ese recuerdo.

–No, no estoy acostumbrada. Y esto no es apropiado. Si no te importa pedirme un taxi...

Kaden sonrió entonces, una sonrisa diabólica.

–¿Por qué tienes tanta prisa? ¿No quieres tomar una copa?

Ella lo miró, recelosa. Se sentía incómoda y, sin embargo, no era capaz de marcharse de allí. Tal vez porque un insidioso pensamiento daba vueltas en su cabeza: aquella sería la última vez que se vieran.

Una peligrosa curiosidad y el deseo de disimular las conflictivas emociones que provocaba ese encuentro hicieron que se encogiera de hombros.

–Supongo que no pasaría nada por tomar una copa. Después de todo, ha pasado mucho tiempo.

–Sí, es cierto –sin dejar de mirarla, Kaden indicó una botella de licor de café en el bar–. ¿Te sigue gustando?

¿Recordaba su bebida favorita? Solo lo había tomado con él y no había vuelto a probarlo en doce años.

Julia asintió con la cabeza y lo observó mientras le servía la copa con una sonrisa... pero el olor del licor de café le llevó un recuerdo de Kaden una noche mágica en el palacio de su familia en la costa; la noche que se acostaron juntos por primera vez.

Durante un segundo, la intensidad del amor que había sentido por él amenazó con abrumarla. Pero

Kaden había envenenado esos sentimientos, destruyendo su inocencia para siempre.

Atormentada, y preguntándose si la avalancha de recuerdos pasaría, se acercó al ventanal.

–¿No quieres sentarte?

Tan amable, como si no hubiera pasado nada. Como si no le hubiera entregado su cuerpo y su alma una vez.

–Gracias.

Cuando Kaden se dejó caer sobre un mullido sofá, ella eligió un sillón al otro lado, lo más lejos posible. Y al ver un brillo burlón en sus ojos, se dijo a sí misma que daba igual. Aquel nuevo Kaden la intimidaba porque en él no había nada del chico al que había conocido doce años antes.

Los dos eran prácticamente adolescentes entonces... hasta que él creció de repente, tras la muerte de su padre. Y ahora era un hombre, infinitamente más dominante que antes. Había visto algo de aquel formidable Kaden la última vez que hablaron en Burquat, pero era un mero precursor del hombre que tenía delante en aquel momento.

Con la fina camisa de seda que acariciaba sus pezones, Julia se sentía expuesta. No se había sentido tan rápidamente excitada ni una sola vez durante su matrimonio o desde que estuvo con Kaden, y pensar eso la hizo sentir más expuesta todavía.

Intentó pensar que era una persona madura, segura de sí misma. Era una mujer divorciada, no una ingenua virgen, y podía lidiar con aquella situación.

Tenía que recordar que mientras ella se había quedado desolada, su relación no había afectado a Kaden. Nunca olvidaría su frialdad cuando le dijo adiós. Era algo que había quedado grabado en su alma para siempre.

Recordando a quién pertenecía la ropa que llevaba, Julia tuvo un momento de inspiración.

—¿Cómo está Samia? Ahora debe de tener... veintitrés o veinticuatro años, ¿no?

Kaden no respondió de inmediato. Era desconcertante lo normal que le parecía estar allí con ella, en Londres.

Y lo intrigaba más de lo que le gustaría admitir.

Tanto que tuvo que contener el deseo de levantarse para no ver ese brillo de vulnerabilidad en sus ojos.

—Tiene veinticinco y se casará a finales de semana con el sultán de Al-Omar. Ahora mismo está en B'harani preparando la boda.

—¿Ah, sí?

Kaden asintió con la cabeza, debatiéndose entre el enfado por llevarla allí y la convicción de que Julia no se marcharía por el momento.

Él no estaba acostumbrado a aquella incertidumbre y le recordaba demasiado lo que había ocurrido tantos años atrás. Y, sin embargo, un pensamiento daba vueltas en su cabeza: ¿por qué no hacerla suya otra vez? ¿Por qué no exorcizar ese deseo que lo volvía loco?

—¿El sultán de Al-Omar? —Julia sacudió la cabeza–. Samia era tan tímida... imagino que no será fácil para ella ocupar un puesto tan relevante.

De repente, Kaden sintió un irracional sentimiento de culpa. Había visto a Samia recientemente en Londres, antes de que se fuera a B'harani, y su hermana le había dicho que todo iba bien. Pero Julia acababa de recordarle que aquel matrimonio sería un reto para su introvertida hermana. Y le sorprendía que recordase ese detalle.

–Samia es una mujer con responsabilidades hacia su país y su gente. Un matrimonio con el sultán de Al-Omar es conveniente para los dos países.

–¿Entonces es un matrimonio concertado?

–Por supuesto, como lo fue mi primer matrimonio y como lo será el siguiente –respondió él, enarcando una ceja–. Imagino que el tuyo no lo fue y, sin embargo, ha acabado en divorcio.

¿Había sido el suyo un matrimonio por amor? En términos generales, sí. Después de todo, John y ella se habían casado porque quisieron hacerlo, sin presiones de ningún tipo. Pero ella sabía en su corazón que nunca había amado a John. Y también él lo había sabido.

Pero no pensaba justificarse ante aquel hombre, cuyo recuerdo la había perseguido durante tanto tiempo.

–Espero que a Samia sí le vaya bien.

–¿Tienes hijos?

–¿Hijos? –repitió Julia–. No, no tengo hijos. ¿Crees que estaría aquí si los tuviera?

–¿Por qué no los has tenido?

–Mi exmarido no podía... tuvimos dificultades. ¿Y tú? ¿Tienes hijos?

Kaden sonrió, irónico. Que el emir de Burquat no tenía hijos era de conocimiento público.

–No, no los tengo.

Julia tembló al recordar cómo había pasado de ser un amante ardiente a un frío extraño en apenas unos días.

–La madre de Amira tuvo un parto terrible y le llenó la cabeza de ideas... como resultado, mi mujer desarrolló una auténtica fobia a la idea de tener hijos. Era tan fuerte que cuando descubrió que estaba embarazada abortó sin decirme nada. Y, poco después, yo solicité el divorcio.

Ella lo miraba, sorprendida. Y Kaden entendía la razón. ¿Por qué demonios estaba contándole su vida?

Acababa de contarle algo que solo sabía un puñado de gente. Su vida personal era algo que no compartía con nadie, como sus esfuerzos por ayudar a su esposa a superar esa fobia. Aunque no sirvió de nada. Al final, sabiendo que nunca podría darle un heredero, había sido su mujer quien insistió en divorciarse. No estaba preparada para enfrentarse a sus miedos y eso era algo que Kaden debía respetar.

Julia respiró profundamente. Saber que había apartado brutalmente de su vida a una mujer porque temía el momento del parto la hizo sentir un escalofrío. El hombre al que ella había conocido era compasivo, idealista...

Para olvidar la pena que sentía al ver cuánto había cambiado, comentó:

–Pensé que el divorcio era ilegal en Burquat.

Kaden tomó un sorbo de whisky.

–Solía serlo, pero las cosas han cambiado mucho desde que tú estuviste allí.

–¿Ah, sí?

–Hemos hecho muchas reformas. Las conservadoras leyes de mis ancestros han ido cambiando poco a poco.

Kaden siempre había sido apasionado sobre las necesarias reformas en su país y, al recordarlo, una ola de ternura tomó a Julia por sorpresa. Pero, temiendo que se diera cuenta, se levantó para acercarse al ventanal con la copa en la mano.

Kaden le había hablado de aquel apartamento en el centro de Londres. Incluso una vez le había dicho que debería instalarse allí cuando volviera a la ciudad... para que él supiera que estaba protegida.

Pero esas palabras habían sido parte de un juego de seducción, no significaban nada.

No había oído a Kaden moverse y dio un respingo cuando lo vio a su lado.

–¿Por qué te divorciaste de tu marido, Julia?

«Porque nunca lo amé como te había amado a ti».

Jamás, ni en un millón de años hubiera imaginado que Kaden le haría esa pregunta.

Por fin, cuando pudo respirar con normalidad, giró la cabeza para mirarlo. Estaba despreocupadamente apoyado en la pared, con una mano en el bolsillo del pantalón, la otra sujetando su copa.

Tenía un aspecto oscuro y extraño y Julia tragó saliva porque esa intensidad suya encendía un fuego que llevaba apagado mucho tiempo.

Intentó ignorar la sensación, decirse a sí misma que eran sus hormonas mezcladas con los recuerdos y con ese encuentro inesperado. Hizo un esfuerzo por apartar los ojos de él para mirar la ciudad, pero sentía un familiar cosquilleo entre las piernas.

—Sencillamente, nos fuimos separando poco a poco —dijo por fin—. Al principio nos pareció buena idea, pero la verdad es que nunca funcionó. Y la dificultad para tener hijos fue la gota que colmó el vaso. No nos unían demasiadas cosas, de modo que ahora me alegro de no haberlos tenido.

Julia nunca le había contado a Kaden que era adoptada o su miedo visceral a tener hijos. Ni a él ni a nadie. Tal vez no se lo había contado porque temía que la juzgase...

Y había hecho bien en tener miedo.

No quería mirarlo, temiendo que viera en su rostro unas emociones que no podía esconder. Su rostro siempre la delataba. Era él quien se lo había dicho una noche, con su cara entre las manos...

De repente, un relámpago iluminó el cielo y Julia se asustó de tal modo que derramó parte del licor de café sobre su blusa.

—Ah, vaya, lo siento...

Kaden le quitó la copa de las manos para dejarla sobre el bar, al lado de la suya y, como hipnotizada, Julia siguió la dirección de su mirada. Había derramado el licor sobre su pecho y la blusa se pegaba a su piel...

–Voy a buscar un paño... –empezó a decir–. No quiero estropear la blusa de Samia.

Pero él la sujetó del brazo.

–Déjalo, no importa.

Como si la tensión que había entre ellos afectase a la meteorología, un trueno retumbó en ese momento y Julia dio un respingo.

–Pensé que la tormenta había pasado.

Kaden tiró de su brazo para acercarla a él, sus cuerpos casi tocándose.

–Yo creo que la tormenta acaba de empezar.

Ella lo miró, desconcertada, como si no entendiera lo que estaba diciendo. Pero sentía los ojos de Kaden clavados en sus labios... el deseo estaba escrito en su rostro y su corazón empezó a latir con más fuerza. Porque era una expresión que la había perseguido durante esos doce años.

Intentando encontrar alguna forma de no sucumbir al deseo, negó con la cabeza, intentando apartarse.

–No debería estar aquí... no deberíamos haber vuelto a vernos.

–Pero nos hemos vuelto a ver y ahora estás aquí.

–No he aceptado venir para esto.

Kaden sacudió la cabeza.

–Desde que nos hemos visto en el club ha existido la posibilidad.

–¿Incluso cuando has fingido no acordarte de mí?

Otro relámpago iluminó el salón, seguido de un trueno más poderoso que el anterior, la torrencial lluvia golpeando los ventanales.

–Incluso entonces.

¿Qué había hecho, apagar mágicamente las luces?, se preguntó Julia, sintiendo como si aquello no fuese real. El pasado se mezclaba con el presente y el futuro se volvía irrelevante.

–La posibilidad de que esto ocurriera dejó de existir hace doce años, en Burquat. ¿O has olvidado el día que «me informaste» de que nuestra aventura había terminado? –le espetó, sin poder disimular su amargura.

–No quiero hablar del pasado. El pasado no tiene nada que ver con este momento.

–¿Cómo puedes decir eso? El pasado es la razón por la que estoy aquí ahora mismo.

Kaden negó con la cabeza, sus ojos negros como el azabache excitándola a pesar de lo que le decía el sentido común.

–Te habría deseado aunque esta fuese la primera vez que nos viéramos.

Ese halago no la emocionó en absoluto porque era la prueba de lo poco que le importaba el pasado...

Por supuesto que no le importaba, porque nunca había sentido nada por ella.

Tenía que irse de allí, pensó.

–Tal vez el pasado no tenga importancia para ti, pero para mí sí la tiene.

Los ojos de Kaden brillaban, mostrando una emoción que él quería negar.

–Esto es deseo, puro y simple.

Julia levantó la mirada, incapaz de apartarse o de articular respuesta alguna. Y la respuesta debería ser: «no».

¿Cómo era posible que su deseo por él no hubiese muerto en doce largos años? Al contrario, era más fuerte que nunca. Y, sin embargo, Kaden quería tratarla como si no se conocieran, como si no hubiera un pasado entre ellos.

–No esperaba volver a verte nunca –murmuró, acariciando su pelo–. Tal vez esto tenía que ocurrir... un encuentro por sorpresa para librarnos del insaciable deseo que sentimos el uno por el otro.

«Insaciable deseo».

Eso era exactamente lo que Julia sentía, lo que siempre había habido entre ellos. Después de hacer el amor, solía sentirse un poco avergonzada por desear de nuevo sus caricias y solo que el deseo fuese mutuo había evitado que la vergüenza la abrumase.

Kaden no había esperado volver a verla y, con toda seguridad, tampoco había esperado volver a desearla. Pero así era y parecía resentido. ¿Por qué no? Le había dado la espalda doce años antes y se había acostado con una innumerable cantidad de mujeres desde entonces. Debía de ser irritante encontrarse con su primera amante y tener que admitir que seguía deseándola.

Kaden la había apretado contra su pecho y su vientre rozaba el duro estómago masculino, más duro que antes. Intentó apartarse, hacerle notar que no quería besarlo, pero no fue capaz de mover un músculo cuando se apoderó de sus labios. ¿El beso había coincidido con otro relámpago o era cosa de su imaginación?

El corazón de Julia pareció expandirse dentro de su pecho y, mientras sus bocas se ajustaban la una a la otra como dos piezas de un rompecabezas, experimentó una oleada de deseo tan intenso que se olvidó de todo lo demás. Sus manos fueron automáticamente al torso masculino, pero en lugar de apartarlo se agarró a él. Y notar los duros músculos bajos sus dedos era una sensación embriagadora.

El tiempo pareció detenerse. Todo pareció detenerse salvo sus corazones, que latían a toda velocidad. La sangre corría por sus venas estimulando sitios que no habían sido estimulados en mucho tiempo...

Kaden, la seducción personificada, acariciaba su espalda con manos ansiosas, deslizándolas hasta su trasero, flotando sobre su blusa con una habilidad que no había mostrado doce años atrás.

Sus caricias eran a la vez familiares y nuevas, totalmente diferentes a las que recordaba. Entonces eran tan jóvenes y su pasión tan desatada...

El hombre que la abrazaba ahora no era un joven inexperto, sino un consumado seductor. Y su cuerpo también era diferente, sus hombros más anchos, sus músculos más firmes.

Fue eso lo que por fin rompió el hechizo en el que parecía estar sumida.

Apartándose de un tirón, Julia lo miró a los ojos.

–No te conozco –murmuró–. Eres un extraño para mí y yo no hago el amor con extraños.

–Si no recuerdo mal –replicó él–, te resulta enormemente fácil hacer el amor con extraños.

–Solo fue un beso, Kaden. Un estúpido beso. No significó nada y... –Julia se detuvo abruptamente.

¿De verdad estaba a punto de decirle que había dejado que aquel hombre la besara porque se sentía terriblemente insegura después de varios días de silencio por parte de Kaden? ¿Que había intentado demostrarse a sí misma que no solo él podía excitarla?

No, no iba a decírselo. Aquel hombre nunca sabría que su «experimento» había tenido un resultado desastroso.

–Esto no puede ser. El pasado es el pasado y no es bueno recordarlo.

Kaden tragó saliva, intentando olvidar la imagen de Julia besando a aquel hombre. ¿Por qué había tenido que recordarlo?

Lo último que deseaba era que ella supiera que recordaba el incidente. Y, sin embargo, el recuerdo era tan fresco como si hubiera ocurrido el día anterior.

Pero besarla había tenido un efecto más explosivo en su libido que cualquier otro beso. Le costaba trabajo respirar y, al ver que había desabrochado un par de botones de su camisa, su erección se hizo más urgente. Si eso era posible.

Sin embargo, Julia tenía razón. Explorar ese deseo era un peligro. Tenía la sensación de haber escapado del fuego doce años antes y de nuevo estaba en peligro de quemarse.

Pero más fuerte que eso era la sensación que recorría sus venas en ese momento; un deseo carnal que exigía ser saciado. Era como si estuviera despertando de un largo sueño y tuvo que hacer un esfuerzo para controlarse.

En los ojos grises de Julia había un brillo de preocupación y, en un gesto instintivo, apartó el pelo de su cara, recordando entonces que era algo que solía hacer antaño.

Tenía que distanciarse del pasado, tenía que distanciarse de ella... pero no sabía cómo hacerlo.

–Si nos hubiéramos encontrado en otro momento en el que no fuésemos libres, el deseo habría sido el mismo –le dijo–. No habría importado que hubieran pasado doce años o que estuviéramos casados. Y ahora los dos somos libres, Julia.

Ella sabía que debería salir corriendo. Debería marcharse de allí y rezar para no encontrarse con Kaden nunca más. Pero sus pies parecían clavados al suelo.

Ese gesto, cuando apartó el pelo de su cara, le había llevado tantos recuerdos hermosos de un tiempo feliz...

Sabía que estaba tomando una decisión trascendental al quedarse, pero no podía dar marcha atrás. Se sentía curiosamente letárgica, como si llevara mucho tiempo corriendo hacia algo y hubiera llegado por fin a su destino. Deseaba a aquel hombre con un ansia que solo había conocido una vez... con él.

Si algún día volvieran a encontrarse, seguramente Kaden volvería a actuar como si no la conociese... y sin embargo allí estaba, mirándola como si fuese la única mujer en el planeta. Y esa esquiva sensación de seguridad, de cariño, que solo había experimentado estando con él, era como un canto de sirena.

Pero luchó desesperadamente porque sabía que podía terminar rompiéndole el corazón otra vez y, agarrándose al último vestigio de orgullo, dio un paso atrás.

—Que hayamos vuelto a vernos no significa nada. Desde luego, no significa que tengamos que terminar en la cama.

Se miraron en silencio durante unos segundos y entonces, después de un ensordecedor trueno, se fue la luz.

Julia dejó escapar un gemido y Kaden murmuró una imprecación.

—Espera un momento, voy a buscar una vela.

Ella respiró agitadamente. La oscuridad parecía envolverla, haciendo que deseara olvidarse del resto del mundo, olvidar su historia con Kaden y dejarse llevar por el deseo que sentía. Lo deseaba tanto que estaba temblando.

Intentó recordar el dolor de su partida, el horrible momento en el que Kaden le dijo que lo único que había entre ellos era una aventura de verano y que tenía responsabilidades que no la incluían a ella. Pero era como intentar agarrarse a una nube. Lo único que sabía era que no podía marcharse, que no podía decirle adiós todavía.

En el silencio del apartamento oyó un golpe y luego una palabrota. Esos sonidos deberían haberla ayudado a recuperar la cordura, deberían haberla empujado a salir de allí. Pero, en lugar de eso, solo servían para inflamar su deseo.

Un segundo después, Kaden volvía al salón con una vela en la mano y Julia solo pudo maravillarse de las sombras que creaba en su rostro, haciéndolo más misterioso... si eso era posible.

Kaden dejó la vela sobre una mesa y se acercó hasta quedar a un centímetro de ella. El calor de su cuerpo y su exótico aroma haciéndola recordar esas noches en el desierto...

—No quiero analizar por qué está ocurriendo esto, Julia. No quiero hablar del pasado... te deseo, eso es todo.

También ella lo deseaba. Había soñado durante años con volver a verlo. Kaden la había echado de su lado y, cuando supo que iba a contraer matrimonio, algo en ella había muerto. Por eso había aceptado la proposición de matrimonio de John, pensando que era absurdo seguir amando a un fantasma.

Pero Kaden ya no era un fantasma, sino un hombre de carne y hueso que estaba a un centímetro de ella.

Y cuando la envolvió en sus brazos no se resistió. Sencillamente, no podía hacerlo.

Capítulo 4

KADEN sintió que la oscuridad los envolvía como un capullo, alejándolos del mundo. Julia lo miraba con los ojos muy abiertos, respirando agitadamente, y cuando inclinó la cabeza para besarla tuvo la sensación de que aquello era algo que debía ocurrir. Era demasiado poderoso para negárselo a sí mismo.

Se apoderó de su boca y, cuando sintió los pechos femeninos aplastados contra su torso, perdió la cabeza.

El mundo de fuera, la lluvia golpeando los cristales de las ventanas, los relámpagos y truenos, todo eso quedó olvidado.

Después de unos segundos o minutos, no estaba seguro, Kaden se apartó y ella lo miró, atónita, su corazón latiendo como si acabase de correr una maratón.

–Julia... –dijo él, con voz ronca.

Ella no dijo nada cuando se inclinó un poco para tomarla en brazos. No podía hacerlo.

Un segundo después, Kaden la llevó hasta una puerta que abrió con el pie. En la penumbra, Julia vio una enorme cama... estaban en el dormitorio de Kaden.

En ese momento recuperó parte de su sentido común y él debió de notar que se ponía tensa porque la miró a los ojos antes de decir:

—No hay marcha atrás. Si quieres irte, dilo ahora.

Julia, sin aliento, se dio cuenta de la enormidad de lo que iban a hacer. Pero el deseo que sentía por aquel hombre era demasiado poderoso, de modo que negó con la cabeza.

—No quiero irme.

Kaden la dejó en el suelo, deslizando las manos por su cuerpo, y cuando empezó a besar su cuello, Julia cerró los ojos, temblando al sentir una corriente de aire frío cuando desabrochó la blusa.

Casi tenía miedo en aquella penumbra, pero también era emocionante verlo quitándose la camisa. Le gustaría ser tan audaz como lo había sido doce años antes y apartar sus manos para hacerlo ella misma, pero había pasado mucho tiempo y ahora era más cauta.

Sin embargo, al ver el vello oscuro de su torso que se perdía bajo la cinturilla del pantalón tuvo que tragar saliva.

Cuando él levantó su barbilla con un dedo, Julia se ruborizó. Había estado mirándolo fijamente, esperando que se quitara el pantalón para verlo desnudo por primera vez en mucho tiempo.

—Eres tan preciosa...

Kaden empezó a acariciar uno de sus pechos, moviendo el pulgar sobre el erecto pezón, y Julia dejó escapar un gemido, empujando su cuerpo hacia la mano masculina para aumentar la fricción.

Él acercó el pulgar a su boca y lo chupó suavemente antes de humedecer la punta del pezón... y Julia gimió de nuevo, respirando entrecortadamente.

–Kaden, por favor...

–¿Por favor qué? ¿Quieres que lo haga con la boca?

–Sí...

Él inclinó la cabeza para tomar el pezón con los labios, el roce de su pelo sobre la sensible piel de sus pechos incrementando la sensación.

Enredó los dedos en su pelo cuando buscó el otro pezón con los labios...

Poco a poco, empezaba a perder de vista la realidad. Estaba hecha de sensaciones, esclava de aquel hombre y de sus caricias. Kaden se mostraba más seguro de sí mismo que antes. Sabía bien lo que tenía que hacer, dónde deseaba que la tocase...

Tan abruptamente como había empezado, Kaden se apartó y, tomándola por la cintura, la apretó contra su torso con una urgencia que creó un río de lava entre sus piernas.

Inclinando la cabeza, buscó su boca en un beso devorador, la fricción de sus pechos desnudos contra el torso masculino una deliciosa tortura... y Julia sintió la emoción de estar con aquel hombre otra vez.

Obedeciendo la llamada del deseo, bajó las manos para desabrochar la cremallera de su pantalón. Sin dejar de besarlo, tiró de él hacia abajo y sintió que Kaden se apartaba un poco para quitárselos

Luego bajó la mirada hacia la formidable erección y tuvo que tragar saliva. Había olvidado lo grande que era...

Sin percatarse de la expresión torturada de Kaden, acarició sus poderosos muslos recordando el deporte nacional que practicaba, con el que se había partido la nariz. A ella le había parecido algo bárbaro: un montón de hombres desnudos de cintura para arriba usando un primitivo palo de hockey para golpear un balón. Pero parte del juego era chocar unos con otros para quitárselo. Era un deporte visceral, emocionante y muy violento. Y Kaden era el mejor de todos.

Pero Julia no podía apartar los ojos de su magnífica erección, emergiendo de una cuna de vello negro.

–Me siento un poco desnudo –dijo él.

Julia contuvo el aliento cuando tomó su mano para llevarla hacia la cama. El oscuro cielo iluminado de vez en cuando por relámpagos hacía que todo aquello pareciese irreal, pero el deseo que había entre ellos era muy real.

Mientras se tumbaban en la cama se dio cuenta de que las caricias de Kaden le parecían a la vez familiares y las de un extraño. Ahora era un hombre, no un chico, con experiencia de muchos años.

Él volvió a besarla profundamente, como si no se cansara de ella, mientras deslizaba una mano por su estómago hasta llegar al borde de las braguitas... que desaparecieron un segundo después.

Mientras introducía un dedo en su húmeda cueva,

Julia se agarró a sus hombros. Apenas podía respirar, pero se arqueó hacia él cuando otro dedo se unió al primero, abriéndola, ensanchándola, preparándola para su invasión. Enardecida, buscó su miembro con la mano y empezó a acariciarlo arriba y abajo...

Kaden se apartó para besar su vientre y sus caderas... hasta que su boca estaba entre las piernas de Julia, acariciándola como había hecho tantos años antes. Ella dejó escapar un gemido, pero Kaden sujetó sus piernas abiertas, desnudándola para su boca y su perversa lengua.

Mientras lo hacía, levantó una mano para apretar un pezón entre sus dedos y Julia sintió el primer espasmo de placer, tan intenso que no notó que Kaden se colocaba entre sus piernas.

Atónita por la intensidad del orgasmo más poderoso que había experimentado nunca, solo pudo quedarse inmóvil mientras él tomaba su miembro con una mano para acariciar la entrada de su cueva con la punta. Su cuerpo lo deseaba, sus músculos internos abriéndose y cerrándose como si ya estuviera dentro de ella.

Afortunadamente, Kaden conservaba suficiente sentido común como para buscar un preservativo en el cajón de la mesilla.

Julia dejó escapar un gemido cuando empezó a entrar en ella, sus ojos clavados en los ojos negros de aquel dios pagano que, con una formidable embestida, se enterró en ella hasta el fondo. Sorprendida, dejó escapar un grito, pero el ligero dolor pronto se convirtió en un intenso placer, como si su cuerpo lo reconociese.

–Tú eres la única que me hace sentir así –murmuró.

–¿Así cómo?

–Como si hubiera perdido el control.

Después de decir eso empezó a moverse, embistiéndola con fuerza una y otra vez. Julia levantó las piernas para que pudiera enterrarse a placer en ella...

Seguía tan dolida por lo que había pasado en Burquat... y, sin embargo, aquello le parecía tan natural que no quería luchar.

Los temblores del último orgasmo aún no habían terminado cuando empezaron unos nuevos, más intensos incluso. Con la frente cubierta de sudor, Julia echó la cabeza hacia atrás, rompiéndose en mil pedazos otra vez mientras la intensidad de las embestidas aumentaba.

Y cuando la tormenta de su cuerpo empezaba a amainar, Kaden cayó sobre ella dejando escapar un gemido ronco.

Julia despertó durante la noche y comprobó que la tormenta por fin había pasado. La vela estaba apagada y ella tenía la cabeza apoyada en el torso de Kaden, los brazos masculinos sujetando su cintura como una prensa.

La tormenta de fuera había pasado, pero otra tormenta se había desatado en su interior.

¿Qué había hecho?

Kaden se movió entonces, tumbándola de espaldas para mirarla a los ojos.

–Kaden, yo...

Pero él la interrumpió poniendo un dedo sobre sus labios.

–No digas una palabra. No quiero escucharlo.

Julia tragó saliva. El sentido común le decía que debía parar, pero la llamada del deseo era demasiado fuerte.

En esta ocasión, Kaden la colocó de lado y levantó una de sus piernas para enredarla en su cintura. Gimió al sentirlo dentro, empujando hacia arriba mientras atrapaba un pezón entre los dedos. El placer era tan intenso que Julia, sin poder evitarlo, cayó en el fuego de nuevo.

Cuando volvió a despertar había amanecido y se sentía saciada, letárgica y feliz.

¿Feliz?

Casi por superstición, decidió no abrir los ojos. No necesitaba hacerlo, las imágenes que se formaban tras sus párpados cerrados eran increíblemente eróticas. Imágenes en diferentes escenarios: Kaden en la escalera del club o delante de ella, mirándola con frialdad, los dos bajo la lluvia, en el ático cuando se fue la luz... y luego el calor de sus brazos.

Tal vez había sido un sueño, pensó. Había tenido muchos como ese en los últimos tiempos...

–Sé que estás pensando lo mismo que he pen-

sado yo al despertar –escuchó la voz de Kaden–.
Y no, no ha sido un sueño.

Julia abrió los ojos, pero tuvo que guiñarlos de
inmediato, cegada por la luz.

Kaden estaba frente a la ventana, guapísimo y
elegante con un traje de chaqueta oscuro, tomando
un café.

–También hay café para ti. Además de zumo de
naranja y cruasanes.

Le resultaba tan extraño ver a Kaden por la mañana. Le lloraban los ojos y no sabía si era por la
luz del sol o por verlo a su lado. Pero ahora que
la tormenta de la noche anterior había pasado em-
pezaban las recriminaciones.

¿Cómo se le había ocurrido acostarse con él?
¿La tormenta había provocado algún daño en su
cerebro?

Cuando Kaden se acercó, Julia se sentó en la
cama.

–Estaré aquí hasta finales de semana y luego
tendré que ir a Al-Omar para la boda de Samia.
Pero me gustaría volver a verte.

Ella no sabía qué decir, como no sabía qué pensar sobre la tormenta de emociones que experimentó al escuchar eso. Había esperado despertarse
y salir del apartamento sin despedirse de Kaden siquiera.

–¿Quieres volver a verme?

Él se encogió tranquilamente de hombros.

–¿Por qué no? Entre nosotros hay algo pen-
diente... ¿por qué no terminarlo?

Julia hizo una mueca.

–¿Quieres que tengamos una aventura durante una semana, antes de que te marches?

–No puedes negar que la atracción entre nosotros es tan fuerte como antes. ¿Por qué no llevarla a su conclusión natural? No veo por qué no puede durar unos días más.

Julia se irguió en la cama, tapándose con la sábana. Se sentía en desventaja estando desnuda cuando él estaba vestido.

–Esta semana voy a estar muy ocupada, no sé si tendré tiempo para incluir una aventura.

Kaden esbozó una sonrisa.

–No pienso pasar todo el día contigo. Más bien pensaba en las noches.

Por supuesto, debería haberlo imaginado.

–Lo de anoche fue... –Julia se mordió los labios–. No debería haber ocurrido.

Kaden alargó una mano para acariciar su cara, pero en sus ojos no había expresión alguna, nada que pudiera decirle qué estaba pensando.

–Pero ha ocurrido y va a ocurrir otra vez –anunció–. Iré a buscarte a tu casa a las siete.

Y después de decir eso se dio la vuelta.

Julia abrió la boca y volvió a cerrarla, atónita. Su arrogancia era increíble.

–Pe...pero... no pensarás que voy a volver a verte, ¿verdad?

Él se volvió para mirarla.

–No es que lo crea, es que estoy seguro –afirmó–.

Creo que has dicho que esta semana estás ocupada, ¿no? Pues entonces será mejor que te pongas en marcha. Mi coche te esperará abajo y el conductor te llevará donde le digas.

Kaden cerró la puerta de la habitación. No le gustaba haber tenido que hacer un esfuerzo sobre-humano para no meterse en la cama con Julia y ha-cerle el amor otra vez. Despeinada y con las meji-llas rojas le recordaba a la Julia de antaño, la mujer a la que deseaba olvidar. Sin embargo, y aunque el sentido común le decía que no debía volver a verla, no era capaz de decirle adiós.

Se daba cuenta de que había actuado como un dictador, pero la verdad era que no había querido darle oportunidad de discutir. No quería que dijera que se negaba a volver a verlo o que la noche an-terior había sido un error que no volvería a repe-tirse.

Debería haberse dado cuenta de que aquella era la primera vez que una mujer no se mostraba en-cantada de compartir su cama, pero cuando estaba con ella no podía pensar en nada. Iba a estar en Londres unos días y la idea de no volver a verla le parecía insoportable.

Su deseo no había sido saciado, pero no tenía la menor duda de que un par de noches serían sufi-ciente para exorcizar la pasión que sentía por su exa-mante. Una examante que lo excitaba de tal forma que casi lo hacía olvidar sus prioridades.

Kaden torció el gesto, pero no se detuvo. Cuando

llegó al coche, su expresión era tan sombría como la tormenta de la noche anterior.

Minutos después, Julia seguía mirando la puerta de la habitación, incrédula. Y, para su sorpresa, emocionada al pensar que volvería a verlo. Incluso después de haber anunciado arrogantemente que tendrían una aventura mientras estuviera en Londres, como si ella no tuviese nada que decir.

Recordó entonces la noche anterior y cómo había sucumbido a sus caricias...

Suspirando, se levantó de la cama para ir al baño. Pero eso fue peor porque el aroma de Kaden estaba en todas partes y casi podía ver su glorioso cuerpo desnudo bajo la ducha, el agua deslizándose por sus poderosos flancos...

Irritada, abrió el grifo de la ducha intentando concentrarse en otra cosa. Pero la caja de Pandora había sido abierta y en lo único que podía pensar era en los horribles últimos días en Burquat...

Unas semanas antes de regresar a Londres para completar sus estudios, Julia y Kaden habían vuelto de un viaje por el desierto, donde habían celebrado su cumpleaños. Estaba profundamente enamorada de él y creía que Kaden también la amaba. Él le había dicho que la amaba, ¿por qué no iba a creerlo?

Pero, tan claramente como si hubiera sido el día anterior, recordaba a Kaden despidiéndose de ella cuando llegaron a Burquat. Por alguna razón, había deseado que se volviera para mirarla, pero no lo hizo y eso le pareció un mal presagio. No había vuelto a verlo hasta un día antes de irse de Burquat.

Esa noche, la noche que volvieron del desierto, los medios de comunicación habían anunciado que el emir estaba enfermo y que Kaden se había convertido en el gobernante temporal.

Julia sabía que estaría sufriendo porque quería mucho a su padre pero, aunque había intentado entrar en palacio para hablar con él, los guardias se lo habían impedido.

Era como si lo hubieran secuestrado.

Los días pasaban y Julia hizo las maletas para volver a casa, pero seguía sin ver a Kaden. Suponía que era por la enfermedad de su padre y por el trabajo que había tenido que asumir, pero a medida que pasaban los días sin saber de él, la sensación de inseguridad aumentaba.

Dos días antes de su partida, Julia había salido con unos compañeros arqueólogos a tomar una copa, pensando que era absurdo quedarse esperando a Kaden. Pero ella no estaba acostumbrada al alcohol y lo único que recordaba era que se sentía mareada. Uno de sus colegas la había acompañado fuera del bar para que tomase el aire y, de forma totalmente inesperada, empezó a besarla.

Al principio lo rechazó, pero él era muy persistente y Julia se sentía tan insegura... ¿y si Kaden había roto con ella sin decírselo? ¿Y si no pensaba despedirse siquiera?

Además, empezaba a creer que ningún otro hombre podría hacerla sentir lo que sentía con Kaden y la idea de estar atada para siempre a alguien que no la quería la asustaba. Amar a Kaden de tal modo había despertado sus inseguridades de niña adoptada y su miedo al rechazo de los demás...

Kaden no podía ser el único hombre que la hiciera sentir, decidió. Y por eso, casi sin darse cuenta, había dejado que aquel hombre la besara... tal vez para demostrarse algo a sí misma.

Pero no había servido de nada porque ese beso solo le provocó náuseas.

Y fue entonces cuando vio a Kaden al otro lado de la calle, mirándola con gesto de incredulidad.

Se había quedado tan sorprendida que no pudo moverse. Y luego, demasiado tarde, intentó apartarse de su compañero...

Kaden la miró un momento con esos ojos implacables y luego se dio la vuelta.

Al día siguiente se anunció la muerte del emir.

Julia fue a verlo al palacio y se negó a marcharse hasta que, por fin, la llevaron a un elegante despacho.

Kaden estaba en el centro de la habitación, con las piernas separadas, guapísimo y formidable. Y mirándola como si fuera una extraña.

–Kaden, yo... –empezó a decir. Nunca le había costado trabajo hablar con él pero, de repente, no encontraba palabras–. Siento mucho lo de tu padre.

–Gracias –dijo él, con sequedad.

–He intentando verte antes, pero no me dejaban pasar. Decían que estabas muy ocupado...

–Parece que tú también has estado muy ocupada.

Julia tragó saliva.

–Lo que viste anoche... no fue nada, Kaden. Había bebido demasiado y...

Él hizo un gesto con la mano.

–Por favor, ahórrame los sórdidos detalles. No me interesa cuándo o por qué hagas el amor con otros hombres.

–No hice el amor con él –protestó Julia–. Solo fue un estúpido beso... y terminó casi antes de empezar.

–No estoy interesado –dijo Kaden, con voz de hielo–. ¿Para qué querías verme? Como tú misma has dicho, estoy muy ocupado.

–Venía a darte el pésame por la muerte de tu padre. Además, me marcho a Inglaterra.

Kaden se mostraba tan frío... unos días antes aquel hombre la había abrazado bajo el cielo del desierto murmurando fervientemente: «Te quiero, nunca amaré a otra mujer».

Julia tuvo que apoyar una mano en la pared de la ducha para controlar una oleada de náuseas. Había querido olvidar ese último encuentro y, sin embargo, no se iba de su memoria, tan obstinado como una mancha. La había sorprendido tanto su mirada helada...

–Kaden, ¿por qué te portas así?

Él arqueó una ceja.

–¿Así cómo?

–Como si no me conocieras.

–¿Crees que una aventura de verano significa que te conozco?

Julia recordaba haber dado un paso atrás al escuchar eso.

–No sabía que fuese una simple aventura para ti. Pensé que lo que había entre nosotros...

–Hemos tenido una aventura, Julia. Lo que hemos hecho es lo mismo que hiciste anoche con ese desconocido.

–Pero yo...

–No pensarías que podías convertirte en parte de mi mundo, ¿verdad?

Por supuesto que no, pero en el fondo de su corazón había albergado la esperanza de que fuera así. Kaden incluso había mencionado su apartamento en Londres... y entonces se le ocurrió que tal vez había querido tenerla como amante.

Sí, esa era la horrible realidad. Estaba escrita en su rostro, en la frialdad de sus ojos. Todo lo que había creído compartir con él era una ilusión. Kaden la había utilizado; una estudiante occidental que solo estaría en Burquat durante unos meses era perfecta para tener una aventura de verano. Y ahora era el emir de Burquat, un hombre formidable que no se parecía nada al joven despreocupado al que ella conocía.

–No tenías que decirme que me amabas –le reprochó–. Podrías habértelo ahorrado, yo no esperaba escuchar palabras de amor.

Era cierto, no lo había esperado. Sabía que ella lo amaba, pero no había esperado que él la correspondiese.

Kaden se encogió de hombros, mirando el puño

de su camisa como si fuera infinitamente más interesante que aquella conversación.

–Hice lo mismo que tú. Y, por favor, no intentes hacerme creer que lo decías de corazón. No puede ser cierto cuando unos días después estabas dispuesta a acostarte con otro hombre.

Julia sacudió la cabeza, horrorizada.

–Ya te he dicho que no me he acostado con él.

Se dio cuenta entonces de que nunca había conocido a Kaden de verdad. Y con ese descubrimiento llegó la insidiosa sensación de no valer nada que la acompañaba desde su infancia, desde que descubrió que era adoptada y que su propia madre la había rechazado. Siempre había temido no ser lo bastante buena para nadie. Sabía que era absurdo, pero era una sensación de la que no podía librarse.

Hasta aquel día, Julia no recordaba cómo había salido del despacho o qué hizo después o el día siguiente, cuando tomó el avión de regreso a Londres. Pero de repente estaba de vuelta en Inglaterra, con su constante cielo gris y sintiendo como si le hubieran arrancado el corazón. La sensación de rechazo era tan corrosiva que durante mucho tiempo no había confiado en su propio buen juicio en lo que se refería a los hombres, concéntrandose por completo en sus estudios.

Su marido, John, un hombre amable y discreto, había logrado romper el caparazón protector tras el que se había escondido, pero Julia se daba cuenta de que se había casado con él precisamente porque no se parecía nada a Kaden.

Cuando pensó en lo que había ocurrido por la noche, y en la afirmación de Kaden de que volverían a verse, volvió a sentir una oleada de náuseas y esta vez no pudo controlarlas.

Julia salió de la ducha para correr al inodoro y, cuando por fin pudo mirarse al espejo, estaba pálida como un cadáver.

¿Qué cruel broma del destino había hecho que se encontrase con Kaden después de tantos años?

Y sin embargo, sentía el anhelo de volver a verlo.

Temblando, se sentó en el inodoro y se juró a sí misma que no volvería a verlo. Porque no sabía si podría soportar que la rechazase una vez más.

Capítulo 5

KADEN esperaba en la puerta de la casa de Julia, sin percatarse de que el coche oficial estaba ridículamente fuera de lugar en aquella discreta zona residencial.

No había podido concentrarse en el trabajo durante todo el día, distraído pensando en Julia y haciendo que sus ayudantes se preocupasen. Porque él nunca estaba distraído.

Intentaba encontrar cierto equilibrio, pero el equilibrio había desaparecido, dejando en su lugar la sensación de haber estado antes en aquel sitio, al borde de un precipicio, a punto de desaparecer.

Kaden apretó los puños. Él ya no era un crío, sino un hombre divorciado. Había tenido amantes, muchas amantes, y ni una sola había logrado tocar esa parte de él que había escondido bajo llave doce años antes, cuando Julia salió de su despacho.

Sacudió la cabeza para apartar ese recuerdo, pero no era capaz. Ese último encuentro estaba grabado a fuego en su mente y en su corazón: los ojos grises de Julia llenos de lágrimas, su rostro pálido y desencajado.

Los celos que había sentido al verla con aquel

hombre habían eclipsado incluso el dolor por la muerte de su padre. Saber que lo había engañado, que todo lo que le había dicho era mentira, lo había convertido en un cínico.

Pero lo que se reía de él era el recuerdo de que había ido a buscarla la noche que murió su padre. Aunque él insistía en que debía romper su relación con aquella mujer occidental, Kaden se había mostrado absolutamente firme. Había ido a buscarla para explicarle su ausencia y también para decirle que quería casarse con ella. Enamorado como un loco, o eso había creído, no estaba preparado para verla besando a otro hombre en plena calle.

Julia, su amor.

Recordaba la sensación de que el mundo se hundía bajo sus pies y cómo algo dentro de él se había muerto para siempre.

Una hora después, mientras su moribundo padre le suplicaba que pensara en su país y no en sí mismo, Kaden por fin había visto el futuro con claridad. Y ese futuro no incluía a Julia.

Era una aventura de verano, nada más. Había creído que entre ellos había algo especial porque era su primera amante. Pero no la amaba, sencillamente había confundido el deseo con el amor.

Como si saliera de un sueño, Kaden levantó la cabeza para mirar la casa en la que vivía Julia. Dentro de aquella casa estaba la mujer que se interponía entre él y su futuro. En cierto modo, nunca la había olvidado y la única manera de hacerlo era saciar a la bestia que había dentro de él, demostrarse a sí mismo de una vez por todas que solo era una atracción física.

Y esta vez, cuando se despidieran, Julia ya no tendría el poder de hacer que despertase cubierto de sudor, con una mano sobre el pecho para contener los salvajes latidos de su corazón.

Julia se sentía como si tuviera quince años. Había visto el coche de Kaden abajo y tenía los nervios agarrados al estómago, esperando que llamase al timbre.

¿A qué esperaba?, se preguntó por enésima vez al ver que no salía del coche.

Luego imaginó que se marchaba sin llamar y no le gustó nada la sensación de pánico que evocó ese pensamiento. Le había dado vueltas durante todo el día, aun sabiendo en el fondo que no tenía fuerzas para decirle que no.

Cuando volvió de trabajar, con un dolor de cabeza formidable, estaba tan enfadada consigo misma por ser débil que decidió que no se rendiría tan fácilmente. Recibiría a Kaden en chándal y le diría que no pensaba ir a ningún sitio.

Pero entonces imaginó que Kaden chascaba los dedos y un ejército de personas aparecía en su casa con la cena...

No podía olvidar el brillo decidido en sus ojos por la mañana. Y pensar en tenerlo allí, en su casa, toda la noche había sido suficiente para que se de-

cidiera y se pusiera un vestido negro de cóctel y zapatos de tacón.

Lo mejor sería salir con él a cenar, pensó. Después, le daría las gracias y le diría que no podían
volver a verse. Sí, era lo bastante fuerte como para
hacer eso.

Estaba a punto de mirar por la ventana de nuevo
cuando el sonido del timbre la hizo dar un respingo.
Con el corazón acelerado, se acercó a la puerta y
vio una figura alta y oscura al otro lado del cristal
emplomado...

Pero no estaba preparada para lo que sintió al
ver a Kaden apoyado en una columna del porche.
Evidentemente, no se había afeitado desde por la
mañana y tenía un aspecto tan masculino. Llevaba
el mismo traje de chaqueta, sin la corbata y con el
primer botón de la camisa desabrochado.

–¿Nos vamos? –preguntó él, mirándola de arriba
abajo.

–Sí, claro –murmuró Julia mientras cerraba la
puerta.

Kaden la tomó del brazo para llevarla hasta el
coche y ella intentó contener el ejército de maripo-
sas que parecían revolotear en su estómago.

–¿Vamos a un funeral?

–¿Por qué lo dices?

–Por el vestido negro.

–Ah, bueno, es que no he tenido tiempo de cambiarme.

–Mentirosa –se burló Kaden.

Julia se quedó transfigurada por su sonrisa y, sin

darse cuenta, se llevó una mano al cuello. Afortunadamente, no llevaba puesta la cadena.

–¿Dónde vamos?

–A Cedar Rooms, en el hotel Gormseby.

Julia se quedó impresionada. Era un hotel nuevo y, aparentemente, muy solicitado. Había una lista de espera larguísima para conseguir mesa en el restaurante. Pero, por supuesto, Kaden no tenía esos problemas. Al contrario, le pondrían una alfombra roja porque su presencia le daría lustre al hotel.

Y era un alivio pensar que iban a estar en un sitio público, rodeados de gente.

Como si eso pudiese ayudarla a decirle que no...

Kaden tenía que hacer un esfuerzo para comportarse de manera civilizada. El vestido que llevaba era aburrido, pero no podía esconder la elegancia de Julia ni sus largas piernas o la curva de sus pechos. Llevaba el pelo suelto, cayendo sobre los hombros, y un maquillaje discretísimo.

De nuevo, se quedó sorprendido por lo joven que parecía y por lo bella que seguía siendo. Tenía una belleza clásica que mejoraba con la edad.

En cuanto abrió la puerta de su casa, sus preciosos ojos grises lo habían dejado sin aliento, excitado como un adolescente; algo que no le había pasado nunca con otra mujer.

Con Julia, sin embargo, era como si su cerebro sufriera un cortocircuito cada vez que la miraba. Pero eso lo convencía de que solo era un caso de atracción física y, anticipando lo urgente que sería su deseo cuando llegase el postre, hizo una rápida llamada por el móvil.

Cuando llegó el postre, Julia había dejado de intentar mantener una conversación coherente. La mesa en el fabuloso restaurante estaba colocada de tal forma que los demás clientes no podían verlos y la luz de las velas no la ayudaba a mantener la cabeza despejada como era su intención.

Kaden le había preguntado por su trabajo y ella le había explicado que su pasión por recaudar y gestionar fondos había nacido al ver el mal uso que se hacía de ellos. Además, lo había visto como un puesto más estable en el mundo de la arqueología, pensando que algún día formaría una familia.

Para su sorpresa, Kaden no parecía aburrido. Claro que la miraba como si quisiera devorarla...

Intentando desesperadamente controlar lo que la hacia sentir, Julia le había preguntado por Burquat.

Las cosas que le contaba hacían que Burquat pareciese un lugar totalmente diferente al país conservador en el que había pasado aquel verano y se enorgulleció de Kaden por haber hecho tantas reformas.

—He leído algo en los periódicos sobre nuevas prospecciones petrolíferas. Y, considerando que el mundo empieza a quedarse sin petróleo, parece haber mucho interés.

—Estamos a punto de encontrar algo grande

–dijo Kaden–. El sultán Sadiq al-Omar va a ayudarnos con las prospecciones. Él es un experto.

–¿Esa es la razón por la que Samia se va a casar con él? –le preguntó Julia.

Kaden hizo una mueca.

–Es uno de los factores, sí. Su matrimonio será una alianza estratégica, importante para los dos países –respondió, acariciando su copa de coñac–. Tu jefe, Nigel, ¿sales con él? –le preguntó de repente.

Julia se preguntó con qué tipo de mujer estaría Kaden acostumbrado a acostarse. Aunque lo sabía porque había visto muchas fotografías en las revistas.

–No, no salgo con él –respondió–. Me ha pedido que lo hiciera en muchas ocasiones, pero siempre le he dicho que no.

–¿No has tenido amantes desde que te divorciaste?

–No creo que eso sea asunto tuyo. Yo no te he preguntado si has tenido amantes después de tu divorcio.

Kaden sonrió.

–Llevo una vida sexual sana, disfruto de las mujeres y ellas disfrutan de mí.

Julia hizo una mueca.

–Sin duda –murmuró–. Pero imagino que esas mujeres saben desde el principio que es lo único que estás dispuesto a ofrecerles, como me has dicho a mí esta mañana.

El rostro de Kaden se ensombreció.

–Las mujeres saben muy bien lo que pueden esperar de mí. No malgasto saliva con promesas falsas.

Por alguna perversa razón, Julia se sintió reconfortada por esa respuesta. Como si Kaden acabase de demostrarle que ninguna otra mujer se había adueñado de su corazón.

Pero, al darse cuenta de lo peligrosa que se había vuelto la conversación, dejó su servilleta sobre la mesa.

–Es muy tarde, deberíamos irnos.

Kaden se levantó y le hizo un gesto para que lo precediera. Parecía un sofisticado urbanita, pero Julia no confiaba en él. Sabía que la pasión que había entre ellos no había desaparecido por arte de magia.

Cuando llegaron al vestíbulo, se dirigió hacia la puerta del hotel, intentando encontrar la forma de despedirse antes de tomar un taxi. Aunque su vientre se encogía patéticamente ante la idea de no volver a verlo.

Pero Kaden tomó su mano y, cuando lo miró a los ojos, el deseo que había en ellos la dejó sin aliento.

–He reservado una suite.

Julia irguió los hombros, intentando no pensar que podrían estar en una cama en unos segundos.

–Si lo que pretendes es hacerme sentir como una acompañante de lujo, lo estás consiguiendo. Espero que te sientas orgulloso.

Él murmuró una maldición. Nunca en su vida había sido un patán con las mujeres. Deseaba tanto a Julia que le dolía y había reservado una habitación en el hotel porque sabía que no podría esperar hasta que llegasen a su casa o su ático. Pero ella estaba tiesa como un palo, ofendida y tan remota como el Everest.

Si no hacía algo, era capaz de marcharse, y no le gustó nada el pánico que ese pensamiento lo hizo sentir.

—Lo siento, no era mi intención —se disculpó.

—No sé qué crees que estás haciendo, pero he venido aquí para cenar y no pretendo repetir lo de anoche. Tú y yo no tenemos nada más que decirnos.

—Puede que no tengamos nada que decirnos, pero nuestros cuerpos sí tienen mucho que decir —replicó él, tomándola por la cintura.

Julia contuvo el aliento al sentir la erección masculina rozando su vientre... una erección que, de inmediato, provocó una respuesta entre sus piernas.

Pero entonces se dio cuenta de que estaban en el vestíbulo del hotel, llamando la atención. ¿Cómo no iban a hacerlo? Kaden medía más de metro noventa y era uno de los rostros más reconocibles del planeta. Y aunque no lo fuera, su atractivo habría llamado la atención de cualquier mujer.

—No tengo ningún problema en hacerte el amor aquí mismo, Julia.

Para ilustrar tal afirmación, Kaden la apretó con más fuerza contra su pecho.

–¿Qué haces?

–¿De verdad quieres marcharte? Porque yo no.

Entonces se apoderó de su boca, en el vestíbulo del exclusivo hotel, delante de todo el que pasaba por allí.

Pero lo que más la sorprendió fue que el beso era suave, tierno incluso. Si hubiera sido un beso violento, habría sido más fácil resistirse, pero aquel beso le recordaba demasiado al Kaden que había conocido una vez...

Por fin, él se apartó para mirarla a los ojos.

–La razón por la que reservé una suite es que sabía que no podría esperar hasta llegar a tu casa, no porque quisiera hacerte sentir mal. Y te pido disculpas de nuevo. Pero podemos seguir con esto aquí y dar un espectáculo o subir a la suite, tú decides.

Julia puso las manos sobre sus hombros. No había espacio entre ellos, no había sitio para pensar y no tenía fuerzas para marcharse.

Aún no.

–Muy bien –dijo por fin.

Con un brillo de determinación en los ojos oscuros, Kaden tomó su mano para llevarla hacia los ascensores.

A Julia le ardía la cara al ver que la gente los miraba y se dio cuenta de que en el espacio de veinticuatro horas su bien ordenada vida se había derrumbado, tanto que ya no se reconocía a sí misma.

Y lo peor de todo era que se sentía emocionada y viva como no se había sentido en mucho tiempo.

Por la mañana, de nuevo Julia despertó en una habitación que no reconocía. Pero esta vez, Kaden no estaba mirándola, con un inmaculado traje de chaqueta. Su lado de la cama estaba vacío, las sábanas apartadas.

Julia supo de inmediato que estaba sola y no le gustó nada la sensación de tristeza que experimentó.

Entonces recordó la noche anterior...

Habían hecho el amor durante horas, insaciablemente, deseándose el uno al otro unos segundos después de culminar cada encuentro.

Julia estaba agotada, pero no podía negar la sensación de paz que experimentaba.

Sabía que Kaden tenía que ir a Al-Omar al día siguiente para la boda de Samia...

Entonces vio algo por el rabillo del ojo y cuando volvió la cabeza vio una nota sobre la almohada:

Iré a buscarte a tu casa a las siete y media. Kaden.

Julia suspiró de nuevo. Una noche más de aquella extraña semana, pensó.

Le gustaría enviarle una nota diciendo que tenía cosas que hacer, pero si la noche anterior había demostrado algo era que el fuego que había entre ellos seguía vivo y que ella era incapaz de resistirse.

Y todas las razones para decirle que no se esfumaban como el humo ante la idea de ver a Kaden por última vez.

Cuando sonó el timbre a las siete y media, Julia tenía el corazón acelerado. Y, de nuevo, cuando abrió la puerta no estaba preparada para ver a Kaden en el porche de su casa.

—Acabo de volver del trabajo —le dijo, señalando su pantalón y sus zapatos planos—. Tengo que darme una ducha y cambiarme de ropa. Hoy hemos tenido un día muy ajetreado y, además, había un problema en el metro...

Julia se detuvo abruptamente al percatarse de que estaba hablando sin parar.

—No tenemos prisa —dijo Kaden, cerrando la puerta—. Ve a ducharte, yo te esperaré aquí.

De nuevo, Julia se llevó la mano al cuello sin darse cuenta. Pero, por supuesto, la cadena no estaba allí. Cada mañana tenía que tomar la decisión consciente de no ponérsela.

—Hay café recién hecho en la cocina, si te apetece.

Después de decir eso corrió escaleras arriba y se encerró en el dormitorio, pensando que tenía un serio problema si no era capaz de respirar con normalidad cuando estaba con Kaden.

Él se quedó abajo, mirando alrededor. Era una casita muy agradable, con un salón grande y una cocina en la que parecía haber hecho reformas. La cocina de Julia.

Odiaba la debilidad que sentía por aquella mujer, pero le gustaría estar en la ducha, enterrándose en ella...

La noche anterior no había tenido nada que ver con las noches que pasaba con otras mujeres. Él solía despedirse inmediatamente después de saciar su deseo, pero la noche anterior había tenido que llegar el amanecer, cuando estaba demasiado agotado como para continuar, antes de que pudiese conciliar el sueño.

Cuando despertó un par de horas después, solo tuvo que mirar a Julia dormida para desearla de nuevo.

Y en aquel momento sentía como si un mes entero encerrado en una habitación con ella no fuera suficiente.

Tal vez era inevitable que su primera amante hubiera dejado tal impresión en él, pensó. La química que había habido entre ellos durante esos meses en Burquat había sido intensa desde el momento en que se conocieron, cuando estuvo a punto de pisar un fósil en la excavación en la que trabajaba...

Kaden hizo una mueca. A partir de ese momento, Julia se había convertido en una obsesión. Solo podía pensar en ella y ni siquiera se había dado cuenta de que la salud de su padre empeoraba...

Murmurando una palabrota, Kaden miró el pequeño pero perfecto jardín. ¿Qué estaba haciendo allí, en aquella casita?

Nervioso, entró en la cocina para servirse una taza de café, como si eso pudiera desenredar el nudo que tenía en el estómago.

Mientras paseaba por el salón con la taza en la mano se preguntó si Julia habría vivido en aquella casa con su marido. No veía fotografías de ningún hombre, pero se detuvo al ver la que colgaba sobre la chimenea, estupefacto.

Era un paisaje que conocía bien, uno de sus favoritos, una fotografía tomada en el desierto de Burquat, con las increíbles montañas Nazish en la distancia. Recordaba vívidamente el día que Julia había hecho esa fotografía porque la tenía agarrada por la cintura y ella se había quejado:

—¡No puedo hacer la foto si me agarras como si estuvieras ahogándote!

—Me estoy ahogando —le había dicho él al oído— de amor por ti.

Kaden apretó la taza de café con tal fuerza que pensó que iba a romperla... pero cuando escuchó un ruido a su espalda hizo un esfuerzo para mostrarse sereno.

Julia bajaba por la escalera con un vestido de punto gris que dejaba ver sus delicadas clavículas y marcaba la delicada curva de sus pechos. Llevaba las piernas desnudas, tan pálidas como siempre, y unos zapatos de cuña. Pero cuando levantó la mirada tuvo que tragar saliva. Se había hecho una coleta que le daba un aspecto tan inocente, tan joven.

El cuerpo de Julia estaba reaccionando como

solía hacerlo ante el escrutinio de Kaden. Cuando bajaba había visto que estaba mirando la fotografía sobre la chimenea... una de sus posesiones favoritas.

A su marido no le gustaba, de modo que la había escondido en un armario mientras vivían juntos. Era casi como si John intuyera que había perdido su corazón en el desierto...

—El marco es muy adecuado —dijo Kaden—. Y, al final, la foto salió bien.

Julia esbozó una sonrisa, intentando olvidar aquel día.

—Sí, es verdad —asintió—. Bueno, ya estoy lista.

Él la miró durante unos segundos antes de ir a la cocina para dejar la taza de café y, cuando volvió, Julia ya había abierto la puerta y estaba esperando.

—He pensado que esta noche podríamos ir a mi ático.

—¿Ah, sí?

—He contratado un chef de Burquat para que nos prepare la cena. Se me ha ocurrido que tal vez te gustaría volver a probar la comida de mi país.

—Me parece muy bien —murmuró ella, con voz estrangulada.

Y fue maravilloso. Julia saboreó cada plato.

Siempre le había gustado la gastronomía de Burquat: bolas de arroz mezcladas con suculentas piezas de cordero o pollo marinado durante horas en diferentes especias, verduras frescas y pasteles hechos con miel y frutos secos que se derretían en la boca, todo regado con un delicioso té de hierbas y un café tan oscuro como la noche.

–Veo que no has perdido el apetito.

Julia levantó la mirada. Kaden estaba reclinado en la silla, como una pantera con su camisa de seda oscura y su pantalón negro.

–Nunca he perdido el apetito –respondió, con una sonrisa. Y le pareció extraño porque no había sonreído a menudo en los últimos días–. Por eso tengo que correr todos los días, para poder seguir comiendo las cosas que me gustan.

–Antes estabas un poco más... rellenita.

Lo había dicho con una voz ronca que resonó en el corazón de Julia.

–Era la grasita adolescente –murmuró, antes de levantarse abruptamente para salir al balcón. Necesitaba oxígeno y espacio porque la mirada de Kaden era demasiado... intensa.

La tensión que había entre ellos y todo aquello de lo que no querían hablar estaba ahogándola. Y, sin embargo, ¿qué podían decir?

Intentaba mostrarse despreocupada, aunque en realidad estaba temblando de deseo. Quería estar entre sus brazos y dejar que él la hiciese olvidarse de todo... una noche más y luego podría olvidarlo para siempre, se decía.

–Quiero que vengas conmigo a Al-Omar –anunció él entonces.

Julia se volvió a tal velocidad que, por un momento, se sintió mareada.

–¿Qué has dicho?

–Quiero que vayas conmigo a la boda de Samia.

–¿Como tu... acompañante?

Él asintió con la cabeza.

–La boda dura hasta el domingo.

–Pero... ¿por qué?

Kaden se encogió de hombros. No estaba seguro, pero esperaba que eso marcase el adiós definitivo, el final del deseo incontrolable que sentía por ella. Tal vez teniéndola en su territorio lograría borrar los recuerdos y podría seguir adelante sin ser perseguido por esa sensación de que doce años atrás había cometido el mayor error de su vida.

–He pensado que te gustaría ver a Samia.

Julia lo miró, recelosa. En sus ojos había un brillo que no podía reconocer...

Una vez había deseado que fuese a buscarla para decirle que había cometido un error, que la amaba y no podía vivir sin ella. Pero no lo había hecho. Ahora, sin embargo, quería estar más tiempo con ella.

Y tal vez sería una forma de cerrar el círculo, pensó. Porque el recuerdo de aquel hombre la había perseguido durante demasiado tiempo.

–No estoy segura... –empezó a decir–. No sé si sería buena idea.

Kaden levantó una mano para acariciar su cuello, como si supiera que esas palabras eran un patético intento de fingir que no sentía lo mismo que él.

–Esto que hay entre nosotros, llámalo deseo o

como quieras, es muy poderoso. Sigue aquí a pesar del tiempo que ha pasado.

Julia apretó los labios, intentando hacerse la fuerte.

—Pero yo tengo que trabajar. No puedo marcharme del país así como así...

—Claro que puedes.

—Me lo pensaré.

Kaden torció el gesto. Evidentemente, no estaba acostumbrado a que alguien lo hiciese esperar.

—Mientras lo piensas, piensa en esto también.

La apretó contra sí con tal fuerza que podía sentir cada centímetro de su cuerpo y, cuando la besó, Julia se olvidó de todo salvo de aquel beso.

Capítulo 6

LE APETECE una copa de champán, doctora Somerton?

Julia miró a la auxiliar de vuelo del jet privado y decidió que tal vez el champán la animaría un poco.

–Sí, por favor.

Al otro lado de la ventanilla todo estaba oscuro. Tardarían unas seis horas en llegar a B'harani, la capital de Al-Omar. Deberían haber salido esa tarde, pero Kaden había tenido que acudir a una reunión imprevista, de modo que tuvieron que esperar hasta la noche.

¿Por qué había decidido ir con él?, se preguntó por enésima vez. Tal vez porque habían estado haciendo el amor hasta el amanecer y cada orgasmo era un trocito más que arrancaba de su coraza.

Kaden le había preguntado con voz ronca:

–¿Irás a Al-Omar conmigo?

Había intuido en él entonces cierta vulnerabilidad y eso había destruido sus defensas por completo.

Desnuda a su lado estaba a su merced, de modo que había asentido débilmente con la cabeza, recordándose a sí misma que aquello terminaría cuando volviera a Londres y que a partir de ese momento su vida volvería a ser la misma de siempre. Con un poco de suerte, libre del recuerdo de Kaden.

–Anima esa cara, Julia. Estás invitada al evento social del año.

Ella giró la cabeza. Desde que fue a buscarla no había dejado de hablar por el móvil y después se había puesto a trabajar en su ordenador, pero en aquel momento estaba mirándola a los ojos.

–¿Por qué estamos haciendo esto, Kaden? –le preguntó.

¿Por qué había vuelto a su vida? ¿Y por qué estaba dejando ella que la pusiera patas arriba?

–Para saciar el deseo que sentimos el uno por el otro –respondió él–. Somos dos adultos que buscan placer, nada más y nada menos.

Julia tragó saliva.

–Es más que eso. Tenemos un pasado... algo que tú pareces decidido a olvidar.

Él la miró con expresión cínica.

–No creo que hablar del pasado sirva de nada. Tuvimos una aventura hace siglos, pero ahora somos dos personas completamente diferentes y lo único que nos une es el deseo que sentimos el uno por el otro.

Una aventura, era cierto. ¿Qué tenían Kaden y ella en común?, se preguntó.

Sin embargo, ella no se sentía como una persona diferente a la que había sido doce años antes. Al contrario, sentía como si volviera a tener veinte años, como si nada hubiese cambiado.

–Sí, tienes razón –asintió por fin–. Es que estoy cansada, ha sido un día muy largo.

Kaden asintió con la cabeza.

–¿Por qué haces eso?

–¿Qué?

–Tocarte el cuello, lo haces muy a menudo.

Julia tragó saliva. Ni siquiera se había dado cuenta del nervioso gesto que la hacía buscar la cadena. No la llevaba puesta, pero estaba en su bolso, como una especie de talismán.

–Es una costumbre... un collar que solía llevar. Lo perdí hace algún tiempo y aún no me he acostumbrado a no tenerlo.

Kaden recordó entonces la cadena que le había regalado y, con ese recuerdo, apareció una emoción que se negaba a reconocer. Pero ese no era el collar al que Julia se refería. Seguramente sería uno de diamantes que le habría regalado su marido.

La cadenita de oro que él le había regalado debía de haber desaparecido mucho tiempo atrás. ¿Qué mujer se agarraría a una baratija que había comprado en un mercado por capricho, porque le pareció que el diseño simbolizaba lo intricado de su relación?

Kaden se maldijo a sí mismo mientras volvía la cabeza para mirar por la ventanilla del jet. Debería haberse despedido de ella y haber ido solo a Al-Omar para empezar de nuevo. Debería buscar una nueva esposa para tener los hijos que le había prometido a su padre y crear un país estable económica y políticamente.

Lo tenía todo al alcance de su mano después de muchos años de trabajo y esfuerzo... y de un matrimonio desastroso.

Pero cuando se volvió para mirar a Julia, tuvo que contener el aliento. Seguía deseándola, tal vez más que nunca. Y no podía seguir adelante mientras ese deseo siguiera ahí. Tenía que saciarlo de una vez por todas... y lo haría.

Llegar a B'harani al amanecer fue espectacular. La ciudad estaba bañada en una luz rosada, llena de banderas y adornos, las calles acordonadas para la boda que tendría lugar por la tarde.

Kaden apenas dijo una palabra mientras se dirigían al imponente castillo Hussein y, una vez allí, un empleado la acompañó hasta una impresionante suite mientras él iba a ver a su hermana.

Julia estaba sola en la suite, cansada y sorprendida al encontrarse de nuevo en la península arábiga con Kaden, algo que jamás pensó que ocurriría.

Después de darse una ducha, la enorme cama con sábanas de algodón egipcio parecía llamarla y se tumbó con la intención de descansar durante unos minutos...

Cuando despertó, el sol estaba en lo más alto del cielo y se sintió totalmente desorientada al ver a Kaden saliendo del cuarto de baño con una toalla en la cintura, la viva imagen de la virilidad, mientras se secaba el pelo con otra toalla, sus bíceps marcados y brillantes.

–¿Por qué no me has despertado?

–Estabas agotada –respondió él–. Además, no hay nada que hacer hasta esta tarde. La ceremonia civil tuvo lugar esta mañana y ahora están haciendo una procesión por las calles. Esta tarde tendrá lugar la ceremonia formal, que durará dos días, y el domingo volverán a casarse al estilo occidental.

–Vaya –murmuró Julia–. Eso suena muy complicado.

Kaden sonrió, tirando la toalla con la que estaba secándose el pelo.

–Sí, lo es. En Burquat las cosas son más sencillas. Celebramos una boda delante de los mayores al amanecer y después un banquete que dura todo el día.

Julia intentaba concentrarse en lo que estaba diciendo, pero no podía dejar de mirar el fabuloso torso de Kaden. Tenía el cuerpo más asombroso que había visto nunca... con el estómago plano y esos hombros tan anchos. La toalla que llevaba a la cintura era muy pequeña y, al bajar la mirada, pudo ver el bulto que se marcaba debajo...

Cuando levantó los ojos, ruborizada, vio que Kaden se quitaba la toalla para tirarla al suelo esbozando una sonrisa burlona.

Tragando saliva, Julia lo vio acercarse a la cama para tumbarse a su lado. Sin decir nada, apartó las solapas del albornoz para acariciar sus pechos y, de nuevo, Julia se sorprendió por aquella nueva sexualidad de Kaden y por lo embriagadora que era.

–¿Y si entrase alguien? –protestó débilmente.

–No entrará nadie –dijo él, inclinando la cabeza para envolver un pezón con los labios.

Dejando escapar un gemido, Julia cayó sobre las almohadas mientras él desabrochaba el cinturón del albornoz. Unos segundos después, también ella estaba desnuda, con Kaden colocándose encima. Podía sentirlo flexionando los músculos de sus nalgas mientras abría sus piernas con una rodilla y, cuando entró en ella, Julia suspiró cerrando los ojos para que no viera en ellos lo que sentía.

Mientras él empezaba a moverse, intentó convencerse a sí misma de que aquello solo era sexo. Ya no lo amaba, no podía amarlo...

Porque sería demasiado terrible pensar en el resultado de ese amor.

Más tarde, Julia paseaba por el salón de la suite, sin fijarse apenas en los preciosos muebles o en la espesa alfombra bajo sus pies.

Esa tarde, un grupo de mujeres se la había llevado con intención de prepararla para el banquete, algo que Julia no había esperado. Después de peinarla y maquillarla, le habían ofrecido una selección de vestidos espectaculares, pero ella eligió el que le pareció más sencillo, de color verde esmeralda, con cuello halter y un vertiginoso escote en la espalda.

Cuando se miró al espejo ni siquiera se había reconocido. Sus ojos parecían más grandes que nunca y sus pestañas interminables, pero el rubor en sus mejillas tenía más que ver con sus emociones que con el maquillaje.

La puerta de la habitación se abrió en ese momento y Julia se dio la vuelta. Kaden acababa de entrar ajustándose los puños de la camisa y, por un momento, se quedó sin aire. Era la primera vez que lo veía con un esmoquin y estaba... apabullante.

Pero su expresión indiferente hizo que sintiera una oleada de furia.

—Acepté venir contigo a la boda de Samia, pero no soy tu amante —le espetó—. Y no me gusta ser tratada como si lo fuera.

Él metió las manos en los bolsillos del pantalón.

—Nunca te había visto más guapa —dijo entonces, como si no la hubiese oído.

Horrorizada, Julia se dio cuenta de que el halago, y sobre todo su expresión admirativa, disipaban su furia. Ella nunca se había sentido especialmente guapa, pero en aquel momento se sentía así. Además, por supuesto que no era su amante. Ella no podía parecerse menos a las mujeres con las que Kaden solía relacionarse.

—Lo siento, no quería ser desagradecida —se disculpó—. El vestido es precioso, pero yo no soy como tus otras mujeres y no estoy acostumbrada a esto...

—No, desde luego que no eres como las demás mujeres —la interrumpió él, tomando su cara entre las manos—. Eres completamente diferente. Pero vámonos o llegaremos tarde.

Julia no había sido ni sería nunca como ninguna otra mujer, pero solo ahora se daba cuenta de que había juzgado a las demás comparándolas con ella... y siempre se había llevado una decepción al comprobar que eran completamente diferentes, que no estaban a su altura.

Doce años antes, Julia se habría reído a carcajadas si le hubiese pedido que se pusiera un vestido de noche. A ella le gustaba ir en vaqueros y con aquel absurdo sombrero de safari...

Solo se había puesto un vestido en una ocasión, uno de encaje y seda en color crema que había visto en un escaparate y había comprado para ella por capricho. No era muy sofisticado, pero Julia se había colocado frente a él, mirándolo con la timidez de una novia. Y fue esa noche cuando supo que lo que sentía por ella...

Kaden cerró la puerta a ese pensamiento. Respirando profundamente, intentó concentrarse en el presente, en la mujer bellísima que iba a su lado, su pálida piel resplandeciente.

Al escuchar un murmullo de conversaciones en el salón de banquetes, Kaden tomó su mano y notó que estaba tensa. Mejor, pensó. Quería que estuviera tan tensa como él.

Un criado ataviado con el traje tradicional abrió las enormes puertas del salón de banquetes... y Julia se quedó sin aliento. Nunca había visto tal opulencia, tal lujo. El enorme salón, con su altísimo techo abovedado y las inmensas columnas, era impresionante.

Esperando para saludarlos estaban el sultán y su nueva esposa. Cuando se acercaban, Julia vio que el rostro de Samia se iluminaba al ver a su hermano. De niña había sido muy tímida, pero se había convertido en una joven muy bella.

Al ser su única hermana de sangre, entre Kaden y ella siempre había habido un lazo especial. Su padre había vuelto a casarse y Julia recordaba a su segunda esposa, una mujer fría y distante que había tenido tres hijas pero ningún hijo. Según Kaden, eso la había convertido en una persona amargada y celosa con la que resultaba difícil mantener buen trato.

Julia intentó sonreír mientras saludaba a Samia, que la miraba con una mezcla de sorpresa y hostilidad.

Pero no tuvo tiempo de analizar tan extraña reacción porque, después de las presentaciones, Kaden tomó su mano para llevarla hacia una mesa.

–¿Por qué me ha mirado tu hermana de esa forma? –le preguntó cuando se quedaron solos.

En lugar de responder, Kaden tomó dos copas de champán y le ofreció una.

–Por nosotros.

Después de brindar con él, Julia tomó un sorbo de champán, nerviosa. Intuía que Kaden lamentaba haberla llevado a Al-Omar. Sin duda habría preferido a alguna de sus amantes, que se mostraría encantada de estar allí, cuando lo único que ella quería hacer era volver a la habitación.

Mientras Kaden hablaba con varios invitados sobre las prospecciones petrolíferas en Burquat, Julia se sentía como un mero accesorio. Y cuando se dirigieron hacia otra sala para cenar, Kaden charlaba en francés con otro hombre, sin acordarse de ella...

Durante la interminable cena, Julia notó que Samia la miraba con esa misma expresión hostil que no lograba entender.

Mientras tanto, Kaden seguía hablando con unos y otros y ella se vio obligada a entablar conversación con el hombre sentado a su izquierda, más interesado en su escote que en otra cosa.

Kaden tenía que hacer un esfuerzo para no mirar a Julia. De hecho, tenía que apretar los puños para no acariciar su pierna por debajo de la mesa...

Sentía una extraña opresión en el pecho desde que vio la reacción de su hermana. Samia era el único resquicio en su armadura, la única persona que sabía cuánto había sufrido por la traición de Julia doce años antes. Aunque se decía a sí mismo, como se había dicho entonces, que solo era porque la deseaba, porque aún no se había cansado de ella.

Sabía que no debería ignorarla de ese modo. Estaba siendo un grosero, pero temía que en sus ojos viera algo que no debería ver. Porque la reacción de Samia había sido como echar sal en una herida abierta...

Intentando convencerse a sí mismo de que no

era nada, otro truco de su mente, Kaden por fin dejó de fingir interés en la conversación con el hombre que estaba sentado a su lado y se volvió hacia ella.

Julia parecía tensa y, de manera instintiva, puso una mano en su cuello para darle un ligero masaje.

Al hacerlo experimentó una bienvenida sensación de paz y, por una vez, no se castigó a sí mismo o intentó negarlo.

Después de lo que le pareció una eternidad, Julia por fin se volvió hacia él.

—Kaden...

Lo miraba con unos ojos tan brillantes que no pudo disimular su respuesta. La sala y los invitados desparecieron, como si estuvieran solos.

Julia querría pedirle que dejase de mirarla de ese modo, como si volviera a tener diecinueve años y quisiera descubrir los secretos de su alma. Pero no podía abrir la boca, no quería romper el hechizo.

Por fin, el ruido de copas y platos los sacó de ese estado de trance y, de repente, Kaden se levantó para tomar su mano.

Julia miró alrededor, sorprendida. Algunos invitados se habían levantado, pero muchos otros permanecían en sus sitios.

—¿Qué haces? La cena no ha terminado —susurró.

Sus ojos eran tan oscuros que sintió que iba a ahogarse en ellos.

—No puedo estar sentado a tu lado un minuto más sin tocarte.

Antes de que Julia supiera lo que estaba pasando habían salido del salón de banquetes y recorrían los corredores del castillo a toda velocidad.

–¡Kaden! –exclamó cuando no pudo seguir sus largas zancadas.

Él la tomó en brazos sin decir nada. Y tampoco ella lo hizo porque no podía negar la emoción que sentía. Kaden actuaba como un pirata mientras la llevaba por aquel laberinto de pasillos y, una vez en la habitación, cerró la puerta con el pie y la dejó en el suelo.

–Tendremos que soportar pompa y ceremonia durante los próximos días, pero cada vez que tengamos un minuto libre lo pasaremos aquí –le dijo, empujándola contra la puerta–. Ese es el objetivo de este fin de semana.

El carnal brillo de sus ojos y la nota de desesperación en su voz hicieron que Julia se olvidase de todo. Era como si por un momento hubiesen vuelto atrás en el tiempo.

Sobrecogida por una emoción que se negaba a interpretar, tomó su cara entre las manos. Kaden tenía razón. Debían concentrarse en el deseo que sentían el uno por el otro, no en el pasado ni en un futuro que no existía para ellos.

–¿A qué estás esperando entonces? –murmuró, antes de besarlo.

Horas después, Kaden estaba frente al balcón de la suite, mirando la ciudad de B'harani al amanecer, los minaretes mezclándose con modernos edificios...

Eso era lo que él quería crear en Burquat. Ya había empezado a hacerlo, pero aún le quedaba un largo camino por delante.

Suspiró entonces, mirando a la mujer que dormía en la cama. Estaba tumbada de espaldas, sus pechos desnudos y el cabello extendido sobre la almohada... incluso saciado como estaba podía sentir que su cuerpo despertaba a la vida.

La había tomado apoyada en la puerta, sin más finura que un animal. Y, sin embargo, ella le había devuelto cada caricia, cada beso, excitándolo como no se había excitado en muchos años.

En doce años, exactamente.

Era ella, siempre había sido ella. Estar allí era como cerrar un círculo que lo llevaba atrás en el tiempo con una fuerza imparable.

Julia despertó, letárgica. Haciendo un esfuerzo, abrió los ojos y vio la alta y formidable figura de Kaden frente al balcón. Estaba mirándola, en silencio.

Había tantas cosas que le gustaría decirle, pero no se atrevía. El pasado estaba entre ellos y, sin embargo, la línea divisoria se hacía cada día más imperceptible.

–Kaden...

Era tan hermoso...

–Maldita seas, Julia.

Dando un paso adelante, Kaden se arrancó la ropa para colocarse sobre ella como un ángel vengador.

Y todo lo que Julia quería decirle se esfumó bajo las expertas caricias masculinas.

Cuando despertó el domingo por la mañana le dolía todo el cuerpo, pero se sentía de maravilla. Kaden no estaba en la cama y encontró una nota sobre la almohada en la que decía que había ido a montar a caballo.

Los días anteriores habían pasado en un torbellino de eventos y funciones oficiales antes de la gran ceremonia, que tendría lugar aquel día frente a cientos de invitados y medios de comunicación.

Suspirando, Julia se levantó para ir al baño. Después de ducharse salió a la terraza, donde ya habían servido el desayuno, y se emocionó al ver una rosa en un jarroncito de cristal... pero debía haber sido un detalle del servicio, no de Kaden.

Lo único que había entre ellos era una intensa atracción sexual. Ni siquiera parecían capaces de mantener una conversación antes de echarse uno en los brazos del otro. Y no tenía la menor duda de que eso era lo que Kaden quería.

Diciéndose a sí misma que también era eso lo que ella quería, Julia tomó un cruasán y se acercó a la balaustrada para mirar la ciudad de B'harani.

Se le encogía el corazón al ver ese paisaje; no por aquella ciudad en particular, sino por aquella parte del mundo. Si alguna ciudad era la dueña de su corazón era Burquat, con sus antiguas y polvorientas calles y misteriosos mercados. Pero la luz allí era similar...

Escuchó un ruido tras ella y cuando se volvió vio a Kaden entrando en la habitación. Llevaba unos vaqueros gastados que se pegaban a sus poderosos muslos, un polo de manga corta, botas hasta la rodilla y el pelo empapado de sudor cayendo sobre su frente.

Mientras lo miraba, Kaden empezó a quitarse el polo con tal gallardía que se le cayó el cruasán de la mano y no se dio cuenta. ¿Cómo podía desearlo de nuevo unas horas después de...?

Kaden tiró el polo al suelo y se acercó a ella para besar su cuello. Olía a sudor, a hombre, a sexo...

–Kaden...

Sin decir nada, él tiró del cuello del albornoz para besar su hombro antes de tomarla en brazos para llevarla a la ducha.

Mucho después, cuando empezaba a atardecer, Julia despertó de nuevo, desorientada, recordando los eventos de aquel día: la boda de Samia, tan pálida y tan joven, con Sadiq, alto, moreno y serio.

Y luego Kaden llevándola de nuevo al dormitorio donde la pasión los había abrumado una vez más...

Él estaba sentado en el sofá, trabajando en su ordenador, un mechón de pelo cayendo sobre su frente...

Había algo tan casero en esa escena que se le encogió el corazón. Y supo entonces con total claridad que debía ser ella quien se fuera esta vez. No podría soportar que Kaden le dijera que todo había terminado.

Como si hubiera leído sus pensamientos, él levantó la cabeza.

—Tenemos que vestirnos para el banquete.

Julia se sentó en la cama, sujetando la sábana sobre sus pechos.

—Deberías haberme despertado —le dijo, pensando en el vestido para esa noche, otro diseño de alta costura. Aunque necesitaría tiempo para reparar los estragos de su encuentro amoroso con Kaden si quería volver a sentirse normal... eso si podía volver a sentirse normal alguna vez.

Cuando saltó de la cama para ir a la ducha, Kaden la miró, pensativo. La verdad era que se había sentido muy cómodo con Julia durmiendo a unos metros de él mientras trabajaba. Y era raro porque incluso cuando vivía con su esposa había insistido en tener su propia habitación. Pero si se hubiera casado con Julia jamás...

Si se hubiera casado con Julia.

Tan turbador pensamiento hizo que se levantara de un salto para tomar el móvil y darle instrucciones a alguien al otro lado.

Cuando Julia salió del baño había una joven vestida de blanco esperándola en la habitación.

–Mi nombre es Nita –se presentó–. He venido para ayudarla a vestirse.

Media hora después, cuando ya estaba vestida, Kaden volvió a la habitación con un fabuloso esmoquin.

–Estás muy guapa.

–Gracias.

En aquella ocasión llevaba un vestido de color morado con escote palabra de honor y una falda que caía hasta el suelo cubierta de diminutos cristales. El efecto era como el de una nube al amanecer.

Le maravillaba la ironía de la situación. Estaba viviendo la fantasía de miles de mujeres y, sin embargo, no se sentía feliz.

Todo debía terminar esa noche, antes de que Kaden le dijese adiós. Ante de que descubriera que había vuelto a enamorarse de él.

Unas horas después, cuando el sultán Sadiq llevó a su flamante esposa al salón de baile, Julia estaba agotada y fue un alivio que Kaden la llevase de la mano a la habitación.

Pero cuando llegaron allí, soltó su mano y se apartó un poco para decir lo que tenía que decir:

–La pareja con la que hablaba hace un momento va a tomar un avión con destino a Inglaterra esta noche y me han ofrecido que vaya con ellos.

Kaden torció el gesto.

–¿No puedes esperar a mañana? Pensaba acompañarte.

Ella negó con la cabeza.

—No hay necesidad. Yo tengo que volver a mi trabajo y tú tienes cosas que hacer en tu país. Lo mejor sería despedirnos ahora.

Kaden empezó a verlo todo rojo. Ninguna mujer lo había dejado plantado, pero su ego nunca había sido una preocupación para él. Se trataba de Julia, que lo miraba con aparente frialdad cuando solo horas antes se había derretido entre sus brazos.

Y al ver que empezaba a guardar sus cosas en la maleta, el pánico se apoderó de él.

—Julia...

Ella estaba guardando un pequeño joyero en la maleta y, nerviosa, dejó caer algo al suelo.

De inmediato, Kaden se inclinó para recogerlo... y se quedó inmóvil al ver lo que era.

Julia lo miraba, con el corazón acelerado. Era como ver un accidente a cámara lenta.

—Sigues teniéndola —murmuró él, mostrándole la cadenita de oro.

—Sí, la he conservado.

—Siempre te tocas el cuello... —Kaden dio un paso adelante para ponerle la cadena y cerrar el broche.

Enseguida apartó las manos, pero no se movió y Julia no podía mirarlo.

—Si de verdad quieres irte a casa, le diré a Nita que te ayude a hacer la maleta.

Ella sacudió la cabeza. No sabía cómo tomarse la frialdad de Kaden cuando unos segundos antes parecía a punto tumbarla en la cama de nuevo. Ahora, sin embargo, la miraba casi con irritación, como si la cadena lo repugnase. Le había horrorizado saber que la conservaba y Julia sabía lo que eso significaba.

–No necesito ayuda.

Kaden vio que Julia movía la boca, pero no logró entender lo que decía. Lo único que podía hacer era mirar la cadena, que parecía reírse de él...

Tenía que irse de allí, pensó. Tenía que irse de inmediato.

Julia lo miraba sin entender su expresión. Le gustaría que dijese algo, que demostrase lo que sentía... ¿pero cómo iba a hacer eso alguien que no tenía sentimientos?

–Estos días han sido...

–Sí –la interrumpió él–. Adiós, Julia.

Después de eso se dio la vuelta para salir de la habitación y el corazón de Julia se rompió en pedazos porque sentía como si la hubiera rechazado de nuevo.

Menos de una hora después, Kaden estaba en su jet, con destino a Burquat. Tenía una reunión por la mañana con los consejeros del sultán, pero la había pospuesto.

Y cuando se miró las manos, notó que le temblaban.

Lo único que podía ver era la cadena de oro que Julia había conservado durante todos esos años; la cadena que no llevaba puesta, pero que intentaba tocar todo el tiempo.

La pregunta era demasiado incendiaria, pero inevitable: ¿por qué habría conservado esa cadena?

Era la única joya que le había regalado y lo recordaba como si hubiera sido el día anterior.

Kaden miraba por la ventanilla del jet, pero el desierto a sus pies no lograba darle una sensación de paz. Al contrario, se sentía más inquieto que nunca.

Pero se decía a sí mismo que, por primera vez desde que conoció a Julia, había hecho lo que debía hacer: dejarla atrás, en el pasado. Donde debía estar.

Capítulo 7

ESTÁS embarazada. Y si las fechas que me has dicho son las correctas, yo diría que de tres meses –la ginecóloga miró a Julia con simpatía por encima de sus gafas–. ¿Por qué no has venido antes? Debes de haber sospechado algo, ¿no? Las dos sabemos que tu ciclo es como un reloj.

Embarazada.

Julia apenas la escuchaba. Por supuesto que había sospechado algo en los dos últimos meses, pero había decidido enterrar la cabeza en la arena porque, después de años intentando tener hijos con su marido, el destino no podía ser tan cruel.

Pero entonces el problema era de su marido, no suyo.

–No creía... no quise creer que fuera posible.

–Pero estás embarazada y el bebé nacerá en seis meses, si todo va bien. Y, como estás divorciada, el padre...

–No es mi exmarido –la interrumpió Julia–. Es un hombre al que conocí hace tiempo y al que he vuelto a ver recientemente.

–¿Vas a contárselo?

Julia miró a su amiga.

–La verdad es que no lo sé.

–En fin, lo primero es lo primero. Tienes que hacerte una ecografía para comprobar que todo progresa adecuadamente y luego ya decidirás lo que quieres hacer.

Un mes más tarde

Kaden paseaba por su despacho, inquieto, las emociones que había intentado suprimir durante los últimos meses a punto de estallar.

Julia estaba allí, al otro lado de la puerta y llevaba esperando casi una hora. Normalmente, él no haría esperar tanto a nadie, pero se trataba de Julia.

Y no sabía qué hacer.

¿Qué querría de él?, se preguntó, pasándose una mano por el pelo. ¿Querría continuar su aventura? ¿Habría pasado las noches en vela como él desde que se despidieron? ¿Llevaría puesta la cadena?

Maldita fuera. Había esperado encontrar una nueva esposa y estar casado, pero a pesar de los esfuerzos de sus ayudantes para encontrar una candidata adecuada, él siempre encontraba algún fallo. Una era demasiado descarada, otra demasiado tímida, otra avariciosa o falsa... la lista era interminable.

Pero Julia Somerton había vuelto a Burquat y estaba al otro lado de la puerta.

En ese momento sonó el intercomunicador.

–Siento molestarlo, pero la doctora Somerton sigue aquí –escuchó la voz de su secretaria–. Creo que debería recibirla, Alteza. Estoy un poco preocupada...

Kaden la interrumpió abruptamente:

–Dile que pase.

Por fin, la secretaria de Kaden, que en lugar del atuendo habitual de Burquat llevaba un elegante traje de chaqueta y un pañuelo en la cabeza, le hizo un gesto para que entrase en el despacho. Se había mostrado amable y solícita con ella, pero Julia había notado que la miraba frecuentemente y se preguntó si parecería tan cansada como se sentía.

Su vuelo había despegado al amanecer y el viaje desde el aeropuerto al palacio en un viejo taxi sin aire acondicionado la había puesto enferma. Afortunadamente, las náuseas matinales que había sufrido durante el último mes habían terminado unos días antes y se sentía lo bastante fuerte como para hacer el viaje. Al menos físicamente. Mental y emocionalmente era otra historia.

Sabía que había perdido peso y debía de estar pálida, pero no le importaba. No había ido allí a seducir a Kaden.

Nerviosa, Julia empujó la puerta y respiró profundamente antes de entrar en el despacho.

La luz del sol le daba en la cara y solo podía ver la silueta de Kaden frente a la ventana.

–¿A qué le debo tan inesperado placer, Julia?

Ella tuvo que hacer un esfuerzo para respirar.

–He venido porque tengo algo que decirte.

Kaden por fin se apartó de la ventana y, al ver su rostro, Julia sintió que se quedaba sin aliento. Llevaba barba, aunque bien recortada, y su pelo era más largo. Con la túnica tradicional y el cabello despeinado tenía un aspecto casi salvaje.

—¿Por qué te has dejado barba? —le preguntó, sin pensar.

Kaden levantó una mano para tocarla, casi como si lo hubiese olvidado.

—He estado diez días en el desierto. Es una costumbre entre los beduinos dejarse crecer la barba y cuando me reúno con ellos suelo hacer lo mismo. Acabo de regresar y no he tenido tiempo de afeitarme... pero imagino que no habrás venido a preguntarme por eso.

Julia se sentía un poco mareada. No había comido nada desde el desayuno y la comida del avión le había provocado náuseas...

Pero debía ser fuerte, se dijo a sí misma.

—No, he venido por otra razón. La verdad es que debo darte una noticia que nos afecta a los dos —empezó a decir—. Estoy embarazada, Kaden.

—¿Qué?

—Voy a tener mellizos, y pensar que voy a tener dos hijos estando sola es demasiado para mí... debería haberte llamado por teléfono, pero lo he intentado varias veces y, como nunca me conectaban contigo, no quería dejar un mensaje...

—¿Embarazada? —repitió Kaden—. ¿De mellizos?

Julia asintió con la cabeza. Había querido mostrarse serena y segura de sí misma, pero estando frente a Kaden sentía como si tuviera veinte años de nuevo.

—Es algo totalmente inesperado para mí, te lo aseguro.

—Pero has perdido peso —dijo él entonces—. No pareces embarazada en absoluto.

—Pero lo estoy.

—¿Y los hijos que esperas son míos?

Después de tan insultante insinuación, Julia tuvo que agarrarse al escritorio, mareada, pero Kaden se acercó de inmediato para tomarla por la cintura.

—¿Qué ocurre, no te encuentras bien?

—¿Crees que he venido hasta aquí para cargarte con dos hijos que no son tuyos? —le espetó ella, airada—. Cuando pensé que solo era un bebé, estaba dispuesta a hacerme cargo de él sin decirte nada, pero dos...

Kaden la miraba, atónito.

—Pero usamos protección.

—Existe un tanto por ciento de fracaso con los preservativos y, evidentemente, a nosotros nos han fallado.

La enormidad de lo que estaba diciendo la golpeó entonces: dos hijos que no serían queridos por su padre. Era todo lo contrario a lo que había soñado y la pena le rompía el corazón.

—Son tus hijos, Kaden, te guste o no. No espero nada de ti, solo quería que supieras que existían... o existirán dentro de cinco meses, si todo va bien.

Julia se dio la vuelta para salir del despacho, pero le pareció que tardaba mucho tiempo, como si todo fuese a cámara lenta. En lugar de acercarse a la puerta parecía estar alejándose de ella...

Dejando escapar un gemido, sintió que todo empezaba a dar vueltas y le pareció oír que Kaden gritaba su nombre antes de ser tragada por la oscuridad.

–¿Por qué tarda tanto tiempo en recuperar el conocimiento? –preguntó Kaden, nervioso–. ¿No deberíamos ir al hospital? Ya le he dicho que está embarazada.

El doctor Assan seguía tomándole el pulso mientras él paseaba de un lado a otro como un león enjaulado.

–Tenemos que esperar a que llegue la ambulancia, pero yo creo que no es nada grave. Seguramente está cansada y deshidratada. ¿Dice que ha llegado hoy de Inglaterra?

–Sí, sí –respondió Kaden, irritado. Él estaba acostumbrado a que las cosas ocurrieran rápidamente y no le gustaba esperar.

Pero se maldijo a sí mismo por haber insinuado que él no era el padre de esos niños. Por supuesto que lo era, no tenía la menor duda.

En cinco meses tendría una familia.

Esa idea era abrumadora.

Entonces sonó un golpecito en la puerta y Kaden esperó mientras los enfermeros intentaban colocar a Julia en una camilla. Pero, de repente y sin poder evitarlo, la tomó en brazos en contra de los consejos del médico.

Le daban igual las miradas de sorpresa del personal del palacio mientras atravesaba los pasillos con Julia en brazos. Ver su rostro tan pálido hacía que algo se encogiera dentro de su pecho.

Ella abrió los ojos entonces, desorientada, pero Kaden intentó tanquilizarla:

—No te preocupes, estás bien, yo voy a cuidar de ti.

Julia estaba en un sitio oscuro, pero alguien le ponía una luz en los ojos e instintivamente apartaba la cabeza...

—Julia, tienes que despertar. Nos has dado un buen susto.

Le parecía la voz de Kaden, pero tenía que ser un sueño...

«No te preocupes, yo voy a cuidar de ti».

Sin saber dónde estaba o lo que estaba ocurriendo, Julia murmuró:

—Kaden... ¿dónde está Kaden?

—Estoy aquí —respondió él, tomando su mano.

Entonces lo recordó todo. Ya no tenía diecinueve años, tenía treinta y dos y estaba embarazada. Y Kaden no la quería, ni a ella ni a sus hijos.

Julia abrió los ojos entonces.

—¿Qué ha pasado?

—Te has desmayado. El médico dice que estás deshidratada y tendrás que quedarte aquí veinticuatro horas, pero no es nada grave. Y los bebés también están bien.

Julia se llevó una mano al abdomen. Sus hijos. Los hijos que Kaden no quería.

Se preguntó entonces si debería haber ido a Burquat...

Un hombre se acercó entonces a la cama.

–Es mejor dejarla sola para que descanse.

–Yo voy a quedarme un momento –murmuró Kaden.

–¿Dónde están mis cosas? –preguntó ella al ver que llevaba una bata de hospital.

–Tu maleta está en mi despacho y tu ropa aquí. ¿Por qué no has bebido algo, Julia? Estás embarazada y debes cuidar de ti misma... –Kaden sacudió la cabeza–. Lo siento, no tengo derecho a hablarte así –se disculpó luego.

–Siento no haberte advertido de mi llegada, pero no tengo el número de tu móvil y no iba a dejarle ese mensaje a tu secretaria.

–Pero antes has dicho que solo me lo has contado porque se trata de dos bebés, no solo de uno.

Julia apartó la mirada.

–La verdad es que no sé qué habría hecho si fuese un embarazo normal. La última vez que nos vimos quedó bien claro que ninguno de los dos quería volver a ver al otro.

–Sí, pero se trata de mi heredero, parte de la familia real de Burquat –le recordó Kaden.

–Tal vez te lo habría contado –dijo ella–. Aunque sé que tú no quieres un recordatorio de nuestro último encuentro.

–Eso no tiene nada que ver. Además, esto lo cambia todo y tenemos que hacer que funcione.

–¿Qué quieres decir?

–Lo que quiero decir, Julia, es que tendremos que casarnos. Y lo antes posible.

Kaden había dicho aquello sin reflexionar pero, para su sorpresa, en cuanto pronunció la frase se sintió invadido por una sensación de paz.

Julia lo miraba desde la cama, atónita. Dominante poderoso, implacable, así era Kaden.

–No digas tonterías. No tenemos que casarnos porque esté embarazada.

–Sí tenemos que hacerlo –insistió él, cruzando los brazos sobre el pecho.

–Pero es absurdo. La gente de Burquat no me aceptará...

–Son conservadores, es cierto. Puede que tarden algún tiempo en aceptarte, pero no les quedará más remedio porque serás mi esposa, la madre de mis hijos.

De repente, Julia sintió que la habitación daba vueltas. Oyó que Kaden lanzaba una exclamación, pero cuando llegó a su lado había vuelto a perder el conocimiento.

Una semana después

–Deberías salir a tomar el sol. Siéntate en el jardín y respira un poco de aire fresco –le aconsejó el doctor Assan–. Voy a pedirle a Jasmine que te ayude.

Julia sonrió al amable doctor, que había estado cuidándola desde que volvió al palacio cuatro días antes.

Durante esos días, lo único que había hecho era comer y dormir. E intentar olvidar la proposición... no, la orden de Kaden. Él, sin embargo, no había vuelto a mencionarla. Había entrado y salido de su dormitorio sin decir mucho en realidad.

Julia suspiró mientras se incorporaba en la cama para mirar alrededor. La habitación era increíblemente lujosa, no tan opulenta como la suite del castillo Hussein, pero igualmente impresionante.

El propio palacio parecía excavado en la montaña, levantándose majestuosamente sobre la ciudad, con un inmenso jardín donde los pavos reales se paseaban sobre brillantes mosaicos.

El suelo de la habitación estaba cubierto con fabulosas alfombras, las paredes desnudas salvo por algún adorno de seda o una lámpara, y desde los enormes ventanales podía ver, al otro lado del jardín, la ciudad y la línea azul del golfo pérsico.

Julia se emocionaba cada vez que miraba la ciudad de Burquat. Desde el momento que llegó al país le habían gustado su paisaje y sus gentes. Se había sentido como en casa, al menos hasta aquella horrible noche...

–¿Quiere que la ayude a salir al jardín, doctora Somerton?

Jasmine, la persona que se encargaba de atenderla, había dejado sobre la cama un caftán de color azul pavo y un pantalón ancho que Julia agradecía porque su abdomen parecía haber engordado el doble en los últimos días.

–Sí, gracias.

Jasmine la dejó sola en el jardín después de acompañarla a la mesa que habían colocado para ella bajo una sombrilla. Julia no podía creer lo amable que era todo el mundo. El opresivo ambiente que reinaba en el palacio cuando el padre de Kaden era el emir había cambiado por completo y se preguntaba si sería debido a la muerte de la madrastra de Kaden o tal vez a que muchos de los antiguos empleados, más conservadores, ya no residían allí.

–Espero que no te importe que te acompañe.

Julia levantó la cabeza al escuchar la voz de Kaden, que había aparecido en el jardín como por arte de magia.

–No, claro que no.

–Tienes mucho mejor aspecto –dijo él, sentándose a su lado.

Ella se llevó una mano al abdomen.

–Sí, me encuentro mejor. Y todo el mundo es muy amable conmigo... imagino que pronto podré volver a casa.

Kaden negó con la cabeza.

–No vas a volver a casa. Ya me he encargado de que embalen tus cosas para traerlas aquí. Puedes alquilar tu casa en Londres mientras decides lo que vas a hacer con ella.

Julia lo miró, boquiabierta.

–Pero...

–Vamos a casarnos la semana que viene –la interrumpió él–. De modo que tu vida está aquí, conmigo.

La idea de tener que vivir soportando la expresión condenatoria de Kaden le parecía una tortura.

–No puedes obligarme a quedarme aquí. Eso sería un secuestro.

–No tengo intención de secuestrarte porque te quedarás por voluntad propia. Tú sabes que es lo mejor.

–¿Un matrimonio de conveniencia es lo mejor? Ya he pasado por un matrimonio infeliz y no tengo intención de soportar otro.

–Esto no es solo por ti o por mí, Julia, es por nuestros hijos. La noticia de tu embarazo pronto se hará pública y quiero que estemos casados cuando eso ocurra. Por los dos y, sobre todo, por nuestros hijos.

«Por nuestros hijos».

Julia sentía que empezaba a perder el control de su vida. Pero, aunque no quería admitirlo, sabía que lo más práctico sería criar a sus hijos allí. Sus padres adoptivos habían muerto y su divorcio la había obligado a gastar casi todos sus ahorros...

¿Cómo iba a darle a sus hijos todo lo que quería darles estando sola?

Crecer siendo una niña adoptada había hecho que deseara formar una familia propia algún día, a pesar de su miedo a tener hijos. Sus padres adoptivos la habían tratado con cariño, por supuesto, pero Julia nunca había podido superar lo que ella

consideraba la «mancha» de que sus padres bioló-
gicos no la hubiesen querido.

La llamada del muecín a lo lejos hizo que se le
encogiera el corazón. Una vez, su fantasía había
sido vivir allí con Kaden, pero aquella era la ver-
sión de pesadilla de ese sueño...

Como si hubiera leído sus pensamientos, Kaden
se levantó de la silla y clavó una rodilla en el suelo
antes de tomar su mano.

–Tú misma lo dijiste al llegar aquí: nuestros hijos lo cambian todo. No voy a permitir que crezcan
en otro país cuando su herencia está aquí, en Burquat. Esos bebés merecen tener un padre y una madre, una vida segura... y yo puedo darles eso.

–Kaden...

–Además, uno de ellos será el próximo príncipe
o la próxima princesa de Burquat. ¿Quién sabe?

Julia tragó saliva. Había creído que iba a pedir
su mano de manera oficial, pero estaba dejando
claro que sus hijos nacerían y crecerían allí.

–También merecen tener unos padres que se
quieran –le espetó.

–¿Quererse? Hablas de cuentos de hadas –dijo
Kaden, desdeñoso–. Haremos que esto funcione
porque tenemos que hacerlo, Julia. No necesitamos
amor. Yo haré lo que tenga que hacer para que funcione –repitió–. Seré un buen marido para ti. Te
respetaré, te apoyaré en todo... y te seré fiel.

Una semana después, ataviada con su vestido de
novia, Julia se miraba al espejo del vestidor. La

tradición de Burquat dictaba que intercambiasen los votos matrimoniales y los anillos en una sencilla ceremonia civil...

En cualquier otro momento de su vida, Julia habría pensado que aquello era increíblemente romántico, pero ahora solo podía pensar en la afirmación de Kaden: «Haré lo que tenga que hacer para que esto funcione».

Para la ceremonia, llevaba un modesto vestido de color marfil de manga larga que se movía sinuosamente cada vez que daba un paso. Jasmine le había hecho un moño sobre el que había colocado un velo de encaje que caía hasta el suelo y el día anterior Kaden le había regalado un fabuloso anillo de diamantes montado en oro viejo, diciéndole que había sido el anillo de compromiso de su madre.

Pensar que llevaría un anillo que había llevado su primera esposa la incomodaba, pero no tuvo valor para decirle eso a un taciturno Kaden. Porque no podía estar más claro que para él esa boda era una penitencia.

Iba a casarse con él porque quería darle estabilidad a sus hijos, pero no estaba dispuesta a admitir otro sentimiento mucho más personal e ilícito.

Pensó entonces en lo rápido que habían pasado esos días desde que aceptó casarse con Kaden y en el anuncio que él había hecho unos días antes. Julia le había preguntado entonces si la gente de Burquat aceptaría a una extranjera como esposa del emir y él había respondido:

—Ni mi esposa ni mi madrastra lograron conec-

tar con la gente de Burquat. En cuanto a mi madre... la verdad es que mi padre se casó contra los
deseos de mi abuelo. La gente de Burquat tardó algún tiempo en aceptarla y cuando murió fue un
golpe muy duro para ellos. Para mi padre fue de-
vastador y se culpaba a sí mismo por no haber obe-
decido a mi abuelo...

–Pero fue una tragedia, nadie podría haberla
evitado.

Kaden había cambiado abruptamente de conversación entonces y Julia apenas había pegado ojo
esa noche, preocupada por no ser aceptada en Burquat y preguntándose hasta dónde estaba Kaden
dispuesto a llegar para mantener allí a sus herederos.

Capítulo 8

KADEN paseaba por el enorme salón de ceremonias, vestido con el uniforme militar de Burquat, mientras los oficiales y el celebrante lo miraban con cara de preocupación.

Odiaba su impaciencia, que no tenía nada que ver con el protocolo y sí con su turbador deseo de ver a Julia.

No había sentido aquello durante su primera boda. Al contrario, entonces había tenido que controlar la sensación de que se ahogaba. Pero desde que su matrimonio se rompió, quiso pensar que había sido un presentimiento de que todo iba a ir mal y no el recuerdo de otra mujer.

Cuando escuchó ruido tras él giró la cabeza... y se quedó sin aire.

Julia era una visión vestida de marfil bordado en oro mientras se acercaba a él, con Jasmine sujetando la cola del vestido, el rostro oculto por un largo velo.

Kaden experimentó una sensación tan fiera y primaria que tuvo que apretar los puños para dejar de temblar cuando Julia se detuvo a su lado. Le gustaría decirles a todos que los dejaran solos para levantar el velo y besarla...

En lugar de eso, tomó su mano para llevársela a los labios y Julia lo miró con sus preciosos ojos grises. Su perfume era tan suave y delicado, envolviéndolo como un lazo de seda, evocando recuerdos del pasado...

En ese momento la odió por volver a su vida y por despertar esa parte de él que había creído enterrada para siempre. La única parte de él que era vulnerable, la que había creído que había un futuro diferente para ellos cuando no era posible.

–Vamos a empezar –le dijo al celebrante.

Minutos después, aunque a ella le pareció una eternidad, Julia estaba sentada al lado de Kaden, intentando sonreír. Desde que Kaden había dicho: «Vamos a empezar», se había mostrado distante con ella.

No quería ni pensar cómo saldrían en las fotografías, Kaden y ella serios como si acabaran de condenarlos a muerte.

Un mes antes había sido una mujer independiente y fuerte que vivía su propia vida y tomaba sus propias decisiones, pero se había convertido en alguien a quien no reconocía.

Todo por un hombre que había vuelto a su vida como un tornado.

Pero no iba a dejar que la ignorase de ese modo el día de su boda.

–¿Kaden?

Él se volvió y Julia contuvo el aliento al ver el

brillo helado de sus ojos. Pero, en un segundo, ese brillo desapareció, reemplazado por otro que había pensado no volver a ver nunca, un brillo casi de afecto.

–¿Sí, *habiba*? –murmuró, besando su mano.

–¿Por qué me miras así?

Kaden arqueó una ceja.

–¿No es así como un hombre debe mirar a su esposa?

Julia apartó la mano. Estaba fingiendo delante de los invitados, por supuesto.

Nerviosa, se levantó para ir al lavabo y Kaden miró su figura envuelta en aquel precioso vestido...

Por un momento, había vuelto atrás en el tiempo, a aquellos días en el desierto, antes de que todo cambiase.

Una vez había soñado con ese momento: el día de su boda con Julia. Pero solo había sido el sueño romántico de un joven inexperto. Aquella era la realidad.

Maldiciéndose a sí mismo, Kaden tiró la servilleta sobre la mesa y se levantó abruptamente. Ya habían hecho el brindis ceremonial y todos esperaban que el emir y su nueva esposa se retirasen a sus habitaciones.

Y eso era lo que iban a hacer.

Jasmine apareció para acompañarla a su habitación porque aún no se había acostumbrado a los laberínticos pasillos del palacio.

Pero cuando abrió la puerta, Julia se dio cuenta de que aquella no era su habitación.

–El emir me pidió que trajera sus cosas aquí –le explicó Jasmine–. A partir de ahora, compartirá su habitación. ¿Quiere que la ayude a quitarse el vestido?

–No, gracias, puedo hacerlo sola.

Cuando la joven desapareció, Julia salió a la terraza, con el corazón encogido.

Estaba atardeciendo y podía escuchar las voces de los invitados abajo... unos invitados que la habían mirado con expresión seria, incluso hostil.

De repente, experimentando una abrumadora sensación de tristeza, se llevó una mano al abdomen y pensó en sus hijos. Ellos sí estarían protegidos de aquella terrible sensación de soledad, se prometió a sí misma, sin poder evitar que una lágrima rodase por su rostro.

Kaden entró en la habitación sin hacer ruido y, al ver a Julia en la terraza, experimentó una curiosa sensación de paz.

–¿Julia?

Ella parpadeó para contener las lágrimas.

–¿Sí?

–¿Qué ocurre, por qué lloras?

Kaden no estaba preparado para la angustia que sintió al verla llorar.

–No es nada –murmuró ella, apartando las lágrimas con el dorso de la mano.

–¿Qué te pasa? –insistió él, tomando su mano.

Julia se mordió los labios, intentando calmarse.

–Es que todo esto es... demasiado para mí. Descubrir que estaba embarazada, venir a Burquat, cambiar de vida por completo...

Evidentemente, aquello no era lo que había soñado y Kaden se sintió culpable. La había seducido y, al hacerlo, la había obligado a cambiar de vida.

–Prometo que no te faltará nada. Serás feliz aquí, ya lo verás.

–¿Feliz cuando tu gente me mira como si fuera una impostora?

–Solo necesitan tiempo, nada más. Ha habido tantos cambios últimamente en Burquat: mi divorcio, las reformas en el país...

A Julia le costaba respirar teniendo a Kaden tan cerca y temía que viera en sus ojos lo que sentía por él.

–Ahora estamos solos y no tienes que fingir –murmuró, apartando la mirada–. Y no espero que compartamos habitación, de modo que volveré a la mía...

–¿Fingir qué? –la interrumpió él.

–Que me deseas.

Kaden frunció el ceño. ¿Fingir que la deseaba? ¿No se daba cuenta de que estaba ardiendo de deseo? Tal vez era ella quien no lo deseaba, pensó entonces.

Pero cuando volvió a tomar su mano notó que su pulso se había acelerado y suspiró, aliviado.

–¿Por qué crees que no te deseo?

–La última noche en B'harani te fuiste tan rápidamente que pensé...

–¿Que ya no te deseaba?

Julia asintió con la cabeza y Kaden se llevó sus manos al pecho para que sintiera los frenéticos latidos de su corazón. Estar tan cerca de ella era una tortura exquisita.

Pensó entonces en lo que había sentido al ver la cadenita de oro, pero en lugar de aplacar su deseo o hacer que quisiera salir corriendo, ese recuerdo lo excitó aún más y la apretó contra su cuerpo para que sintiera lo que le hacía.

–¿Es esta la respuesta de un hombre que no te desea?

¿Cómo podía no darse cuenta? Sentía aquello cada vez que la veía. Julia era tan diferente al resto de las mujeres que había conocido en esos doce años... casi había olvidado que existiera una mujer así y pensó en lo árida que habría sido su vida si no hubieran vuelto a encontrarse.

Julia miró los labios de Kaden, esos labios que siempre la habían fascinado, y casi sin darse cuenta de lo que hacía soltó su mano para pasar un dedo por sus labios...

Estaban tan cerca que sus alientos se mezclaban. Intentaba decirse a sí misma que aquello no podía pasar, pero era imposible.

–Kaden...

–Nunca he deseado a otra mujer como te deseo a ti.

El apasionado brillo de sus ojos hizo que se pusiera de puntillas para rozar sus labios...

Por un momento, Kaden no hizo nada y luego,

con una urgencia que calentó su sangre, se apoderó de su boca en un beso desesperado.

Podía sentir la erección masculina rozándola y cuando le echó los brazos al cuello experimentó algo primitivo y femenino... la sensación de que aquel era su hombre.

El deseo era lo único puro que había entre ellos y tal vez podrían construir una relación partiendo de eso. Y quizá un día podría olvidar que Kaden la había rechazado...

Todos esos pensamientos incoherentes daban vueltas en su cabeza mientras se besaban.

Kaden se apartó unos segundos después, jadeando y con los ojos brillantes.

—Te deseo tanto... ¿pero podemos? ¿No es peligroso?

Por un momento, Julia no entendió a qué se refería. Pero entonces sintió que ponía una mano en su abdomen y algo dentro de ella se derritió.

—El doctor Assan me dijo que podríamos hacerlo...

Kaden tomó su cara entre las manos.

—Gracias a Dios.

Se besaron de nuevo como si llevaran años separados, como si se hubiese roto un dique y ninguno de los dos pudiera contenerse.

Kaden se inclinó para tomarla en brazos y llevarla al lado de la cama y Julia no apartó los ojos de él, como si temiera romper el hechizo.

Con reverencia, la dejó al lado la cama y empezó a quitarle el vestido, que cayó a sus pies como una nube de seda. Cuando estuvo en ropa interior, Kaden le quitó las horquillas del pelo, dejándolo suelto sobre sus hombros. Como en un sueño, notó que le quitaba el sujetador y tembló al sentir el roce de sus manos en la espina dorsal.

Con gran delicadeza, Kaden acarició sus pechos, más grandes ahora, moviendo los pulgares sobre sus pezones.

Le temblaban las manos cuando empezó a quitarle la chaqueta y la camisa. Los botones eran tan elaborados que no resultaba fácil y, sonriendo, Kaden apartó sus manos para hacerlo él mismo.

Julia lo miró mientras, poco a poco, revelaba su glorioso torso desnudo. Y luego, dando un paso adelante, besó una de sus oscuras tetillas mientras Kaden acariciaba su pelo.

Había encontrado la hebilla del cinturón y consiguió bajar sus pantalones junto con los calzoncillos, liberando su impresionante erección.

Echándose hacia atrás un momento para mirarlo, Julia alargó una mano para tocar la sedosa piel sobre el miembro de acero.

–Julia...

La voz de Kaden sonaba más ronca que nunca, pero ella siguió acariciándolo, pasando la mano arriba y abajo hasta que se apartó.

–Para, por favor... si sigues no voy a poder... –la expresión fiera de su rostro le recordaba a un animal salvaje–. No sabes lo que me haces. No aguantaría... y te deseo demasiado. Necesito estar dentro de ti ahora mismo.

En un segundo estaban en la cama, desnudos los dos, las manos de Kaden deslizándose por sus caderas y sus pechos.

–Kaden, te necesito...

Él metió una mano entre sus piernas y, de inmediato, esbozó una sonrisa. Si Julia no hubiera estado tan excitada, se habría sentido avergonzada por el brillo de triunfo en sus ojos mientras se colocaba entre sus piernas, sujetándose a cada lado con las manos para no aplastarla.

Pero lo estaba y arqueó la espalda hacia él, sus pezones rozando el torso masculino.

Y entonces sintió que se deslizaba dentro de ella, centímetro a centímetro, llenándola. No dejaba de mirarlo a los ojos mientras la embestía, cada envite llevándolos más arriba, hasta que el resto del mundo desapareció.

Lo único que importaba era que estaban juntos, unidos. Y Julia se sintió transportada por una ola de éxtasis tan abrumadora que parecía no terminar nunca, los espasmos interminables incluso cuando Kaden se había derramado dentro de ella.

Unos segundos después, Kaden se apartó llevándola con él, los latidos de su corazón tan fuertes que apenas podía respirar.

Se decía a sí mismo que lo que sentía era debido a que estaba embarazada. Sin la menor duda, eso era lo que había dado a ese encuentro tal intensidad.

Pero cuando por fin se quedó dormido estaba tan desconcertado como en B'harani, cuando vio que Julia había conservado la cadenita de oro.

Sentía como si estuviera volviendo atrás otra vez, sin nada a lo que agarrarse. Y al final de ese camino de vuelta había un enorme abismo negro esperando para tragárselo.

Unas horas después, cuando empezaba a amanecer, despertó cubierto de sudor y con el corazón acelerado. Acababa de tener una horrible pesadilla, una que se había repetido muchas veces: Julia haciendo el amor con aquel hombre al que había visto besando doce años antes...

La miró entonces, dormida a su lado, y sintió al mismo tiempo el deseo de abrazarla y de salir corriendo en dirección contraria.

Dos semanas después de su noche de boda, Julia se preguntaba si todo habría sido un sueño. Le parecía un sueño porque no habían vuelto a hacer el amor desde entonces. Kaden se había mostrado frío por la mañana mientras ella sentía como si hubiera sobrevivido a un terremoto.

—La semana que viene hay elecciones locales —le había dicho durante el desayuno— y eso significa que debemos posponer nuestra luna de miel.

Julia no entendía nada. ¿Cómo podía haberse dejado seducir por aquel hombre, pensando que seguía siendo el joven del que se había enamorado tantos años atrás?

—A partir de ahora estarás muy ocupada —estaba diciendo Kaden una noche, durante la cena—. Debes tomar lecciones de árabe, historia de Burquat y protocolo real. Debes estar preparada para acudir a los eventos oficiales... ¿por qué no llevas el anillo de compromiso?

—Me lo he quitado porque temía perderlo.

—¿Ah, sí? —murmuró él, escéptico.

—No, la verdad es que no me apetece llevar el anillo de tu primera mujer —respondió Julia.

—¿Por qué crees que es el anillo que llevó mi primera mujer?

—Dijiste que había pertenecido a tu madre y pensé...

—Amira llevó un anillo diferente —la interrumpió él—, uno que se quedó después del divorcio. Y creo que recibió una buena cantidad de dinero por él en una subasta en Londres el mes pasado. Evidentemente, la generosa pensión que recibe no es suficiente para ella.

Julia lo miró, desconcertada.

—¿Por qué no le regalaste a ella el anillo de tu madre?

Kaden se encogió de hombros, apartando la mirada. No se lo había regalado a Amira porque sintió que no debía hacerlo. Y, sin embargo, con Julia no había tenido la menor vacilación.

—No le pegaba —respondió, sin embargo.

¿No le pegaba? Julia lo miró, incrédula. Se lo había regalado a ella porque estaba embarazada, eso era evidente. Como era evidente que ya no deseaba seguir manteniendo relaciones sexuales.

—¿Y cómo sé que cuando tenga a mis hijos no te alejarás de mí?

—¿Qué quieres decir?

—Te divorciaste de tu mujer porque no podía darte herederos. Evidentemente, no estabas tan comprometido con ella como para buscar otras opciones. Tal vez solo te importa tener un heredero y, ahora que lo tienes, ya no me necesitas.

Kaden apretó los labios, airado.

—Para tu información, hice todo lo posible para que mi matrimonio con Amira funcionase. Fue ella quien pidió el divorcio porque sabía que nunca podría darme un heredero. Ni siquiera quiso hablar de otras opciones.

—Lo siento —se disculpó Julia, sorprendida—. Debió de ser muy doloroso para ti.

—No estaba enamorado de ella. Fue un matrimonio concertado porque Amira pertenecía a una familia real —replicó Kaden, con tono amargo.

—Y ahora tienes a tus herederos, pero una mujer que no pertenece a la familia adecuada —murmuró ella—. Pero hay algo que deberías saber: yo soy adoptada, Kaden. Sé quién es mi madre biológica, pero ella no quiere saber nada de mí.

Él la miró, perplejo.

—¿Por qué no me lo habías contado antes?

Julia se encogió de hombros.

—No suelo hablar de ello.

—¿Por qué no? No es nada malo. Muchas personas son adoptadas. Yo mismo habría considerado esa adopción si Amira hubiese estado dispuesta.

Que Kaden lo aceptase con tal normalidad hizo que Julia levantase la mirada, perpleja. En sus ojos no había condena alguna; no la juzgaba y su reacción empezaba a deshacer el nudo que siempre había tenido en el corazón.

—Desde el día que mis padres me contaron que era adoptada, cuando cumplí trece años, siempre me he sentido... menos que los demás —le confesó—. Mis padres adoptivos siempre me trataron bien, pero saber que mi madre biológica no me había querido...

—¿Y tu padre? ¿Sabes algo de él?

—En la agencia de adopción me dijeron que mis padres no estaban casados y poco después descubrí que él había emigrado a Australia inmediatamente después de mi nacimiento. Era muy difícil localizarlo, de modo que me concentré en mi madre y cuando por fin la localicé... —Julia esbozó una trémula sonrisa—. Era como si hubiese estado esperándome todos estos años. Pero me dijo: «No vuelves a llamar aquí. No quiero saber nada de ti».

No sabía que estuviese llorando y solo se dio cuenta cuando Kaden apretó su mano.

—Debió de ser una experiencia traumática para ella. Tal vez era muy joven cuando naciste... tal vez sea algo con lo que no es capaz de lidiar. No tiene nada que ver contigo.

Julia asintió con la cabeza.

—Lo sé. Un psicólogo de la agencia de adopción me había advertido que podría pasar algo así. Pero, tontamente, yo había esperado eso que ocurre en las películas: una reunión cariñosa. En fin, fue una estupidez por mi parte.

Kaden sacudió la cabeza.

–No es una estupidez, es humano. Lo siento, Julia... no me imagino lo que es crecer sin saber de dónde vienes.

–Sí, bueno... al menos nuestros hijos no tendrán que pasar por eso.

–Desde luego que no.

Kaden soltó su mano y Julia tuvo que disimular su desilusión. Había esperado que después de la boda su relación se afianzase, que él la buscara... pero evidentemente eso no iba a pasar.

–Estoy muy cansada, me voy a dormir –dijo, levantándose.

Él se levantó también.

–No olvides la visita al nuevo hospital mañana por la mañana.

–Ah, es verdad.

Julia había olvidado que al día siguiente tendría lugar su primer acto oficial. Debían inaugurar un hospital y, de repente, el miedo a aparecer en público se hizo latente.

–Estaré a tu lado, no te preocupes –la animó Kaden–. Lo único que debes hacer es saludar y sonreír. No esperan nada más, solo quieren verte.

–Intentaré hacerlo lo mejor posible.

Después de eso salió de la habitación, sintiendo los ojos de Kaden clavados en su espalda.

Kaden le hizo un gesto a los criados que habían entrado a recoger los platos. Necesitaba estar solo para digerir lo que Julia le había contado.

Inquieto de repente, se levantó para pasear de un lado a otro como si eso pudiese matar el deseo que sentía por ella. El deseo de perderse en su cuerpo, el deseo de mantener las distancias, la abrumadora necesidad de protegerla de todo...

Al saber lo que había sufrido al descubrir que era adoptada se le había roto el corazón por ella.

Julia le había parecido tan vulnerable en ese momento. Pero se decía a sí mismo que deseaba protegerla porque estaba embarazada y no por lo que acababa de revelar.

No sabía que fuese adoptada. Por lo que le había contado años antes, había pensado que provenía de una familia de clase media, con una infancia sin problemas.

Kaden se preguntó entonces cómo se sentiría él si no supiera quién era su familia y la sensación de soledad que experimentó hizo que deseara llamar a Julia para abrazarla y no soltarla nunca.

Pero, de inmediato, rechazó tal deseo. Eso era lo que había querido evitar desde su noche de boda, esa emoción que se negaba a reconocer. La pasión que sentía por ella lo asombraba cada día más y esa horrible pesadilla...

Tal vez estando en Burquat era imposible evitar los recuerdos. Pero la verdad era que cuando Julia lo tocaba se convertía en otro hombre. Le recordaba demasiado lo que una vez había sentido por ella...

Nunca olvidaría la horrible sorpresa de ver a Julia besando a aquel hombre. El insoportable dolor que experimentó en ese momento hizo que reconociera por fin que había perdido la cabeza. Exactamente lo que su padre le había advertido que ocurriría.

Kaden se dirigió al bar para servirse un whisky, pero la quemazón que sintió en la garganta después del primer trago no sirvió de nada. Porque nada podría saciar la insaciable sed de sentimientos que su esposa evocaba. Se había dicho a sí mismo cuando volvieron a verse en Londres que solo quería acostarse con ella. Y que cuando llegó a Burquat para decirle que estaba embarazada solo había pensado en los niños.

Pero se daba cuenta de que estaba mintiéndose a sí mismo. Desde que volvió a ver a Julia, sus sentimientos por ella eran mucho más profundos de lo que estaba dispuesto a admitir.

Era más fácil evitar la intimidad con Julia que enfrentarse con esos ojos grises que lo hacían sentir como si estuviera cayendo a un abismo.

Capítulo 9

JULIA estaba tan nerviosa que le temblaban las manos cuando el conductor detuvo el coche oficial frente al hospital a la mañana siguiente.

Llevaba una túnica plateada con pantalón y chal a juego, el pelo sujeto en un moño y maquillaje y joyas discretos. La túnica escondía su embarazo porque habían acordado esperar unos días para hacer el anuncio oficial.

Mientras respiraba profundamente para darse valor al ver a una multitud detrás del cordón de seguridad, Kaden tomó su mano y tuvo que hacer un esfuerzo para no apoyar la cabeza en su hombro.

–Yo estaré a tu lado –la animó–. Solo debes ser tú misma, no te preocupes.

–He dado discursos en clubs arqueológicos, pero nunca algo así. Esa gente espera a alguien que no soy...

–Te aceptarán porque yo te he elegido como esposa.

Julia asintió con la cabeza, mordiéndose la lengua para no decir: «No me habrías elegido si no fuera por nuestros hijos».

Cuando Kaden salió del coche, la multitud empezó a gritar.

Llevaba la túnica y el turbante tradicional de Burquat y a Julia se le encogió el corazón porque en ese momento le recordaba tanto al joven que había sido...

Los guardias de seguridad los escoltaron mientras se acercaban a la entrada del hospital y Julia intentaba sonreír, pero la multitud empezaba a convertirse en un borrón de rostros poco amistosos que le recordaban a los guardias que rodeaban a Kaden cuando su padre murió.

—¿Estás bien? —le preguntó él.

—Sí, sí.

El director del hospital y varios funcionarios los recibieron en la puerta. Todos se mostraban amables y obsequiosos con el emir, pero reservados con ella.

Kaden hizo un pequeño discurso sobre lo beneficioso que sería el nuevo hospital y luego se volvieron para cortar la cinta ante los aplausos de la multitud.

Después de visitar el hospital, Kaden la llevó de la mano hacia las vallas que los separaban de la gente, con los escoltas rodeándolos.

—Esperan que nos acerquemos para saludar, pero solo estaremos unos segundos.

Julia se acercó a una niña que llevaba un ramo de flores en la mano y, aunque le dio las gracias en árabe, notó que la madre fruncía el ceño, mirándola con desaprobación.

Otra mujer que tenía un bebé en brazos se apartó cuando ella iba a acercarse, tapando la cara de su hijo con el chal que llevaba, como para protegerlo.

Atónita por el rechazo del pueblo, Julia tuvo que disimular su angustia. Le gustaría poder conectar con ellos, decirles que Burquat le importaba, que siempre le había importado.

Kaden tiró de ella hacia el coche.

—Lo siento. Amira y mi madrastra no eran queridas por el pueblo y se muestran desconfiados... pero se les pasará.

—No importa —murmuró ella, sintiéndose dolida—. Les gustaría que te hubieras casado con alguien del país y es comprensible.

Cuando llegaron al palacio, Kaden anunció:

—Tengo que ir a desierto unos días para reunirme con el consejo de beduinos.

—Muy bien, entonces nos veremos cuando vuelvas. Mientras tanto, yo tengo que estudiar mucho.

Cuando Julia se dio la vuelta, Kaden sintió el irracional deseo de meterla en el coche y marcharse de allí. Le gustaría ir al desierto con ella, como hacían antes, escapándose como dos fugitivos para pasar la noche en una tienda bajo las estrellas, sin pensar en nada más que en explorarse el uno al otro y hablar durante horas.

Le gustaría que esos recuerdos no estuvieran manchados por lo que pasó después, que Julia lo mirase como solía hacerlo, con amor.

Pero la realidad era muy diferente.

Si había sentido algo por él alguna vez, esos sentimientos habían desaparecido. Estaban unidos por sus hijos y Julia lo odiaba por ello.

Kaden subió al coche que lo llevaría al helicóptero, decidido a dejar de pensar en ella. Pero no podía.

El comportamiento de Julia era admirable, pero había tenido que soportar las miradas airadas de sus compatriotas... y el gesto de esa mujer que había ocultado la cara de su hijo, como si fuese una bruja. Todo eso debía dolerle en el alma y él no podía hacer nada.

Julia pasó los dos días siguientes trabajando con su secretaria, intentando a toda costa no pensar en Kaden. Pero debía admitir que hablar con él sobre su adopción había sido catártico. Ahora, cuando pensaba en su madre biológica, ya no sentía la opresión en el pecho que solía sentir y eso la liberaba en muchos sentidos. Incluso se sentía más cómoda para hacer su trabajo.

Había decidido reunirse con grupos de mujeres de Burquat en el palacio para discutir varios temas. Ella siempre había estado interesada en la parte humana de la antropología, de modo que era emocionante conocer sus ancestrales costumbres.

Estaba tomando café con el grupo de mujeres cuando Kaden entró en el salón inesperadamente y Julia estuvo a punto de soltar su taza. Estaba en el quicio de la puerta, alto y formidable como siempre. Acababa de regresar del desierto y podría jurar que, al verlo, su corazón se encogía literalmente dentro de su pecho.

Las mujeres se quedaron en silencio al ver al emir y él inclinó la cabeza.

–No quería molestar. Seguid con lo que hacéis, yo tengo que reunirme con mi gabinete.

Estaba sonriendo, pero era una sonrisa forzada.

Sin embargo, cuando desapareció, las mujeres empezaron a hablar sin parar. Se habían mostrado un poco recelosas al principio y, de repente, eran todo sonrisas.

Julia estaba en la cama esa noche, incapaz de conciliar el sueño. Había cenado sola y no sabía dónde estaba Kaden. Pero sí sabía que no podían seguir así, con él mostrándose frío y mirándola como si fuera a explotar en cualquier momento.

Cuando escuchó sus pasos, Julia se puso tensa.

Kaden entró en la habitación, iluminado por la luz de la luna...

–Estoy despierta.

–No quería despertarte, disculpa.

–¿Por qué no has venido a cenar?

Él empezó a quitarse la túnica y, al ver su brillante torso, el vientre de Julia se encogió de deseo.

–Tenía mucho trabajo –respondió–. He estado hablando con Sadiq sobre las prospecciones petrolíferas. Ah, por cierto, también ellos están esperando un hijo...

–¿Samia está embarazada?

–Sí –respondió Kaden mientras apartaba el embozo de la sábana, tan tenso como ella.

–Tenemos que hablar –dijo Julia entonces–. Es evidente que esto no funciona.

Kaden experimentó una sensación de pánico que no le gustaba nada. Había tenido que hacer un esfuerzo sobrehumano para no buscarla cuando volvió del desierto y luego, al verla, el alivio que sintió lo había empujado a alejarse inmediatamente por miedo a que leyera algo en su reacción que no debería.

Esos días separados le habían dado algo de perspectiva, confirmándole que no se había vuelto loco. Pero estando a su lado la sensación de control desaparecía.

Rígido por el esfuerzo de no tocarla, su suave aroma como un canto de sirena, Kaden miró su perfil, los suaves hombros, la curva de sus pechos y la de su abdomen bajo el camisón blanco.

Pero volvió la cabeza para evitar la tentación.

–¿Qué es lo que no funciona?

Su tono desganado hizo que Julia perdiese la ilusión.

–Nada, da igual.

Los dos se quedaron en silencio durante unos segundos y luego, con un movimiento tan rápido que la dejó sin aliento, Kaden se colocó sobre ella, sus ojos negros como el azabache.

–¿Qué ibas a decir?

Julia notó que su aliento olía a whisky y sospechó que también él se sentía turbado. Y se alegró de que por fin estuviera reaccionando.

Pero antes de que pudiese decir nada, Kaden empezó a acariciar su cuello.

—Llevas la cadena que te regalé.

Julia se quedó inmóvil. Sus cosas habían llegado de Londres por la mañana y, al ver la cadena, se la había puesto, sintiendo una boba necesidad de conectar con algo que siempre la había reconfortado.

Había pensado quitársela después, pero lo había olvidado por completo.

—Sí, pero no te equivoques...

—¿Qué significa, Julia? ¿Por qué la has guardado durante todos estos años?

Ella se levantó de la cama, sintiéndose demasiado vulnerable al tenerlo tan cerca.

—Sencillamente la he visto en el joyero y me la he puesto, no significa nada.

—¿No?

—Desde luego, no significa que entienda este matrimonio nuestro. Sé que nos hemos casado por los niños, pero no hay nada más entre tú y yo.

Kaden se levantó de la cama entonces y, sintiendo una oleada de angustia, Julia se arrancó la cadena del cuello y la tiró al suelo.

—¿Qué haces? —exclamó él.

—¿Lo ves? No significa nada.

Él miró la cadena en el suelo, rota, y luego a Julia.

—No tienes que ponerte tan dramática, he enten-

dido el mensaje –le dijo–. A partir de ahora, no ha-
brá ninguna duda sobre la razón de nuestro matrimonio –añadió, tomándola por la cintura.

Julia cerró los ojos cuando Kaden buscó sus labios, apretándola contra su torso. Sentía que sus
ojos se llenaban de lágrimas, pero no dejaría que
él las viera.

Y cuando la tumbó en la cama y se colocó sobre
ella, no quiso escuchar la vocecita que le decía que
no estaba engañando a nadie más que a sí misma.

Al día siguiente, Kaden estaba solo en la terraza, mirando las grúas por toda la ciudad de Burquat. La modernización del país estaba en marcha,
pero aún quedaba tanto por hacer...

Sin embargo, sus pensamientos estaban en otra
parte.

Había tenido razón al temer tocar a Julia de
nuevo. Era como si supiera que sería el golpe final
y lo había sido. La noche anterior había perdido la
cabeza y, como las piezas de un dominó cayendo
unas sobre otras...

Julia solo había tenido que quitarse la cadena
para que viese las cosas con claridad por primera
vez en muchos años.

Pero aun así no era capaz de rendirse. Quería luchar hasta el final... tenía que hacer que Julia dijera
lo que sentía. Como si necesitase una prueba con-
creta de sus sentimientos porque merecía el dolor
de conocer la verdad.

Tal vez era eso de lo que había intentado protegerse durante todos esos años: de la verdad sobre los sentimientos de Julia. No de los suyos.

Doce años antes había tenido algo precioso y lo había perdido para siempre...

Kaden abrió la mano para mirar la cadenita de oro, partida por la mitad.

Capítulo 10

JULIA estaba en la terraza de su comedor privado, donde Kaden había dicho que se encontrarían para almorzar, pero no podía ver el glorioso paisaje.

Habían pasado un par de semanas desde la noche que rompió la cadena en un acto de desesperación.

La había buscado por la mañana, pero no la encontró y la sensación de pérdida era tan profunda, tan dolorosa. Pero estaba demasiado angustiada como para contárselo a nadie y lo último que quería era que Kaden supiera que estaba buscándola.

Tal vez era lo mejor, se dijo. Debía librarse de esa cadena porque simbolizaba algo que nunca había tenido: el amor de Kaden.

Tenía su cuerpo, sí. A partir de esa noche no la había evitado. Se acostaban juntos cada noche, pero sus caricias eran reticentes, como si tuviera miedo de hacerle daño. Y eso los separaba aún más.

¿Cómo podía haber dado un paso adelante solo para dar cien atrás?

—Siento mucho haberte hecho esperar.

Julia intentó disimular su angustia, pero cuando

puso una mano en el respaldo de la silla para sentarse sintió una punzada en el abdomen y lanzó una exclamación.

—¿Que ocurre? —preguntó Kaden, llegando a su lado de una zancada.

—Estoy bien, solo ha sido una patadita, creo... la primera.

Entonces sintió otra y no pudo evitar esbozar una sonrisa. Tomó la mano de Kaden para ponerla sobre su abdomen, pero los segundos pasaban y no volvió a sentir nada.

—Han dejado de moverse.

Inmediatamente, esa tenue conexión entre ellos se rompió y Kaden se dejó caer sobre una silla como si no hubiera pasado nada.

Mientras almorzaban, la conversación era tensa, incómoda, centrándose en una gala benéfica a la que Julia debía acudir esa tarde.

—Pero no tienes que ir a esa gala si no te encuentras bien. Desgraciadamente, yo no puedo cancelar mi reunión con el ministro de Asuntos Exteriores porque mañana se marcha a Estados Unidos...

Ella intentó sonreír.

—No importa. Tendré que acostumbrarme a estas cosas tarde o temprano.

—Sé que es difícil para ti, pero yo ya estoy viendo cambios en la actitud de mi gente.

—¿Ah, sí?

—Te los estás ganando, Julia. Y siento mucho que tengas que pasar por todo esto cuando tú no querías esta vida.

Ella no dijo nada. Kaden no sabía cuántas veces había soñado estar a su lado...

–Debo ir a vestirme –murmuró.

Kaden la vio salir de la habitación y se maldijo a sí mismo.

Se sentía culpable porque al verla tan feliz porque los niños habían dado una patadita se había sentido celoso... celoso de sus propios hijos.

Pero ese momento había durado poco y, cuando terminó, Julia volvió a mostrar esa frialdad que solo se disolvía cuando estaban en la cama.

Aunque era lógico, se dijo. Al fin y al cabo, se había casado con un hombre que la había rechazado cuando era más vulnerable, sin darle la oportunidad de explicarse a sí misma, solo para proteger su cobarde corazón. Julia, con su innata gracia, aceptaba una situación y una vida que no quería por amor a sus hijos... y eso hacía que la admirase cada día más.

Kaden supo entonces que tenía que ser sincero con ella. Julia merecía saber la verdad.

Más tarde, se prometió a sí mismo, cuando volviese al palacio, se lo contaría todo. Y fuera cual fuera su reacción, tendría que lidiar con ella.

Dos horas después, Kaden estaba sentado con su ministro de Asuntos Exteriores, pero sin escuchar nada de lo que decía. No dejaba de preguntarse dónde estaría Julia.

¿Habría llegado a la gala? ¿Se sentiría incómoda?

¿Estaría sonriendo como lo hacía siempre, de esa manera tan tímida?

Se le encogió el estómago al pensar que alguien pudiera ser grosero con ella...

La semana anterior la había visto organizar otra reunión con un grupo de mujeres y se había sentido orgulloso de cómo las escuchaba, cómo les dedicaba su tiempo. Nada que ver con su exmujer o su madrastra que, sin embargo, habían sido educadas para vivir en ese mundo.

–¿Señor?

Habían anunciado la noticia de su embarazo unos días antes y esperaba que, a partir de entonces, la gente de Burquat la viese con más simpatía, pero...

–¡Señor!

Kaden levantó la cabeza y vio que, además, del ministro, su secretaria había entrado en el despacho.

–¿Sí, Sara?

–Siento molestarlo, pero acabo de saber... ha habido un accidente en la autopista de Kazat, donde tenía lugar la gala benéfica. Hemos intentado hablar con su esposa y con el conductor, pero no recibimos respuesta. Y tampoco sabemos nada de los escoltas.

Kaden escuchó esas palabras e intentó reaccionar, pero era como si sus miembros pesaran una tonelada. No podía levantarse y tuvo que poner una mano en el escritorio para agarrarse a algo.

Su secretaria empezó a llorar entonces y el ministro se levantó.

–Voy a pedir su coche ahora mismo, señor.

Kaden se levantó, aunque no podía sentir las piernas.

–No, el coche es demasiado lento. Pida el helicóptero y asegúrese de encontrar un médico y personal sanitario.

Después de lo que le pareció una eternidad, pero solo fueron treinta minutos, el helicóptero aterrizaba en un claro al lado de la autopista.

Lo único que Kaden podía ver era una masa de vehículos empotrados unos contra otros, un autobús escolar volcado en medio de la autopista y una fila interminable de coches que no podían avanzar o retroceder.

Las luces de emergencia habían sido colocadas por bomberos y policías y, entre todos aquellos hierros retorcidos, estaba el coche oficial en el que iba Julia.

Kaden bajó del helicóptero a toda velocidad y le gritó al joven doctor que iba con él:

–¡No se aparte de mi lado!

A su alrededor había gente que se movía como si fueran zombis, con sangre en la cara y los brazos... pero Kaden solo miraba el coche oficial al lado del autobús escolar.

Su corazón se detuvo durante una décima de segundo mientras corría, gritando:

–¡Julia! ¡Julia!

Pero el interior del vehículo estaba vacío.

Aterrado, dio la vuelta al autobús... y se detuvo abruptamente, sintiendo una mezcla de alivio e incoherente furia. Porque allí estaba Julia, ayudando a sacar a los niños del autobús junto con el conductor, mientras los profesores intentaban consolar a los que ya habían salido. Su caftán estaba hecho jirones, manchado de sangre...

—¡Julia!

—Oh, Kaden... gracias a Dios. Por favor, ayúdanos... todavía hay niños atrapados en el interior y el motor está perdiendo gasolina.

Kaden la tomó del brazo para apartarla del autobús.

—Está embarazada de cinco meses —le dijo al médico—. Si le ocurre algo, le haré a usted responsable personalmente.

—Pero todavía hay niños... —intentó protestar ella.

—Tú quédate aquí, yo intentaré sacarlos.

Kaden subió al autobús y, en unos minutos, todos los niños estaban a salvo a un lado de la carretera.

Julia le pidió al médico que atendiese a los heridos y también ella ayudó, rasgando su caftán para hacer vendas...

Pero, de repente, sintió que Kaden tiraba de ella para apretarla contra su pecho.

—¿Estás bien? ¿Te duele algo?

—Estoy bien. Pero tenemos que ayudar a esa gente...

—Nos vamos de aquí ahora mismo. Tengo que llevarte al hospital.

—Estoy bien, no me pasa nada. ¡Y esos niños me necesitan!

–Han llegado las ambulancias, ellos se encargarán de todo.

–Pero Kaden...

Él no estaba escuchándola. Varios helicópteros médicos acababan de aterrizar a un lado de la autopista y las ambulancias habían logrado abrirse paso entre los coches.

«Está embarazada de cinco meses. Si le ocurre algo, le haré a usted responsable personalmente».

Kaden estaba preocupado por sus hijos, no por ella, pensó.

Unos minutos después subían al helicóptero y Julia suspiró, aliviada, al ver que algunas ambulancias ya se dirigían de vuelta a la ciudad.

No podían hablar debido al ruido en la cabina, pero se alegraba porque sabía que Kaden estaba furioso.

–¿Por qué no lo dices de una vez? Me duele la cabeza de verte pasear de un sitio a otro.

Kaden se detuvo entonces, sus vaqueros y su camisa manchados de grasa.

–Eres una heroína nacional. De un solo golpe, todo el país te adora.

–¿Qué quieres decir? –le preguntó ella, desconcertada.

Kaden tomó el mando de la televisión y buscó un canal de noticias en el que ofrecían imágenes del accidente y de Julia ayudando a los niños del autobús.

–Lo siento mucho, pero no podía dejar a esos niños allí. Sé que nuestros hijos son importantes para ti, pero imagino que los niños de otros también lo serán.

–¿De qué estás hablando?

Julia se llevó una mano al abdomen.

–Imaginaba que estarías enfadado conmigo por haber puesto en peligro a tus hijos...

–No estoy enfadado contigo, estoy asustado porque has puesto tu vida en peligro –la interrumpió él–. ¿Tienes idea del miedo que he pasado, Julia? He envejecido cincuenta años y le he hecho varias promesas a Alá... si un extraño aparece de repente exigiendo que le entreguemos a nuestro primer hijo, no te extrañes.

–Kaden... ¿qué estás diciendo?

No lo entendía. O tal vez tenía miedo de entenderlo.

–Lo que digo, *habiba*, es que durante los treinta minutos más largos de mi vida no quería seguir viviendo si te había ocurrido algo. Iba a hablar contigo esta noche cuando volvieras... no quiero cansarte ahora, pero...

–Estoy bien, habla –lo interrumpió ella.

–No sé por dónde empezar. Hay tantas cosas que decir... pero antes de nada quiero que sepas que no digo esto por el accidente o por el efecto de la adrenalina. He pedido que nos preparen el palacio de verano para esta noche, así podremos tener una corta luna de miel. Puedes preguntarle a Sara, ella lo está organizando todo.

–Kaden...

–Te quiero, Julia –la interrumpió él–. Te quiero con toda mi alma, siempre te he querido, desde el día que te encontré limpiando fósiles. Doce años atrás me convencí a mí mismo de que había dejado de amarte, pero en cuanto volví a verte supe que era una mentira.

Ella lo miraba, perpleja. Podía escuchar los latidos de su corazón...

–No digas nada, aún no. Déjame terminar.

Julia no habría podido hablar aunque quisiera. Podía sentir a sus hijos moviéndose en su útero, pero eso era secundario porque lo que Kaden estaba diciendo podría cambiar sus vidas.

–El día que te fuiste, hace doce años, fue el peor día de mi vida –Kaden hizo una mueca–. Me sentía partido en dos, como Jekyll y Hyde. Durante mucho tiempo pensé que era el dolor por la muerte de mi padre, pero en gran parte era debido a ti. Hay algo que debo explicarte... cuando volvimos de nuestro último viaje al desierto fui a hablar con mi padre y le dije que quería casarme contigo. Solo pensaba en ti... tú llenabas mi corazón y mi alma como nadie y no podía imaginarme sin ti a mi lado.

Julia se puso pálida al recordar ese momento.

–¿Pero por qué no hablaste conmigo? ¿Por qué no me lo dijiste?

Kaden apretó los labios.

–Porque esa noche mi padre sufrió su primer ataque y yo tuve que ocupar su puesto. Estaba constantemente rodeado de ayudantes y ministros... no podía dar un paso sin que fuera cuestionado y sospechaba que después de lo que le había contado a mi padre sobre ti, él habría pedido que no te dejasen acercarte al palacio –Kaden tragó saliva–. Imagino que veía su historia repetida... su segunda esposa había sido un error, absolutamente impopular entre la gente de Burquat. Era importante que me casara con una mujer que mi pueblo aceptase y, sin embargo, yo acababa de declararle mi intención de contraer matrimonio con una extranjera...

Los ojos de Julia se llenaron de lágrimas.

–Oh, Kaden...

–Y cuando por fin tuve la oportunidad de escapar un momento del palacio, te encontré besando a ese hombre.

–Ese hombre no significó nada –se apresuró a decir ella–. Me sentía insegura porque no podía ponerme en contacto contigo y... creo que quería demostrarme a mí misma que tú no eras el único hombre en el mundo que podía hacerme sentir. Temía no volver a verte nunca más...

Kaden tomó su mano para besarla.

–Ahora lo sé y entiendo lo asustada que debías de estar, especialmente después del rechazo de tu madre biológica. Pero yo estaba cegado de celos y me sentía traicionado porque soñaba con pedir tu mano y suplicarte que fueras mi esposa.

–Kaden...

–Mi padre se había convertido en una sombra de sí mismo tras la muerte de mi madre y siempre repetía que me debía a mi país, que eso era lo primero –siguió él–. Supongo que intentaba protegerme y cuando me sentí traicionado por ti, eso confirmó sus palabras. Me convencí a mí mismo de que no era amor lo que sentía, sino deseo. Porque de ese modo no me dolía tanto –Kaden sacudió la cabeza–. Esa noche, mi padre murió, pero antes de morir me suplicó que recordase mi deber hacia mi país, que tenía que mirar más allá de mis propias necesidades... y para entonces yo estaba dispuesto a escucharlo.

–Yo no tenía ni idea... –Julia cerró los ojos, conmovida.

–Cuando intentaste explicarme que lo de ese hombre no había tenido ninguna importancia, yo no podía mostrarme racional. Solo podía verte con él... una imagen que me ha perseguido en sueños desde entonces. La profundidad de mis sentimientos por ti me asustaba, pero los enterré hace mucho tiempo y por eso me ha costado tanto recuperar el sentido común...

–Éramos tan jóvenes –dijo ella–. Tal vez demasiado jóvenes para entender unos sentimientos tan profundos.

–Es por eso por lo que Samia te mira con resentimiento, ella sabe lo que sufrí entonces y siempre ha querido protegerme. Mi hermana cree que tú me rompiste el corazón cuando en realidad fue al revés.

–Yo no... no puedo creer que estés diciendo eso –Julia, emocionada, no sabía qué decir–. Te he echado tanto de menos.

–Lo siento, de verdad. Lo que he hecho es...

–No digas nada más. Abrázame, por favor –Kaden la abrazó y Julia se agarró a su camisa sin dejar de llorar, pensando en esos años perdidos–. No me sueltes nunca, mi amor.

–Nunca –murmuró él, como una promesa–. Nunca volveré a dejarte ir.

–Siempre te he querido, nunca dejé de hacerlo. A ti, a nadie más. Y desde que volví a verte en Londres fue como si nunca nos hubiéramos separado.

Kaden sacudió la cabeza, incrédulo.

–¿Cómo puedes perdonarme? Después de todo lo que ha pasado, no sé cómo puedes hacerlo.

Julia tomó su cara entre las manos.

–No querría estar en ningún otro sitio. Me había resignado a amarte sabiendo que tú no me amabas a mí.

–Amor mío, te quiero tanto que, si algo te hubiera pasado hoy...

Kaden enterró la cara en su cuello, emocionado.

–Vámonos a casa. Quiero que vayamos a casa para empezar a vivir el resto de nuestras vidas juntos –dijo Julia–. No estoy dispuesta a perder un segundo más.

Epílogo

Siete meses después

Julia y Kaden estaban celebrando una fiesta para sus mellizos y el hijo de Samia y Sadiq, que tenía unas semanas menos que sus primos, en la excavación arqueológica donde se habían conocido.

Julia charlaba con Samia mientras Kaden sujetaba en brazos a Rihana con la habilidad de un padre experto y su cuñado, Sadiq, mecía a Zaki con similar maestría.

El primer encuentro con Samia había sido incómodo, pero en cuanto Kaden le contó lo que había pasado, su hermana lo regañó por hacerle pensar lo peor de Julia durante todos esos años. Y, afortunadamente, se habían hecho buenas amigas desde entonces.

–Sin duda estarán hablando de pañales ecológicos –bromeó Samia, mirando a sus maridos.

–Kaden estuvo a punto de desmayarse ayer cuando tuvo que cambiarle el pañal a Tariq –dijo Julia, mirando a su hijo, que dormía en el moisés.

Kaden se acercó entonces para poner a Rihana en brazos de su hermana.

–Aquí tienes a tu sobrina. Voy a robarte a mi mujer un momento.

–Ten cuidado, puede que no te la devuelva –bromeó Samia.

Kaden, con una túnica bordada en oro, tomó a Julia de la mano para pasear por el jardín y ella lo siguió, sintiéndose absurdamente feliz.

–¿Por qué sonríes así?

–Por nada –respondió Julia, con tono misterioso.

–Me lo contarás más tarde, pero ahora... mira.

Ella reconoció el sitio en el que había estado excavando el día que se conocieron. Sobre él habían colocado una piedra que contenía un fósil encastrado en cristal y una inscripción.

–¿No es el mismo fósil...?

–El mismo –Kaden sonrió–. Lee lo que pone.

La inscripción decía sencillamente:

Para mi mujer y único amor, Julia. Eres la dueña de mi corazón, como yo soy el dueño del tuyo para siempre, Kaden.

Y tenía la fecha del día que se conocieron.

Julia miró a su marido, con los ojos empañados, y vio que él sacaba algo del bolsillo... la cadenita que le había regalado tantos años atrás y que creía perdida para siempre.

–He hecho que la arreglasen.

Los ojos de Julia se llenaron de lágrimas.

–No llores –dijo Kaden.

–Entonces bésame y hazme feliz.

–Eso es algo que sí puedo hacer –bromeó él, tomándola entre sus brazos, con los ojos llenos de
amor.

Y se besaron durante largo rato en el sitio exacto
en el que se habían conocido casi trece años antes.

Bianca

Ella debía ocultar su vulnerabilidad y controlar la atracción
que existía entre ellos desde el primer momento…

Cuando el negocio de Elsa
entró a formar parte de sus
adquisiciones, Blaise Che-
valier pensó en deshacerse
de él, como solía hacer con
las empresas que no gene-
raban suficientes benefi-
cios. Pero entonces conoció a
Elsa. Una mujer hecha de
una pasta tan dura como él,
que se convirtió en una fas-
cinante adversaria con la
que pretendía divertirse un
poco…

Elsa era una mujer orgullo-
sa, fuerte y bella, que estaba decidida a demostrarle a
Blaise que se equivocaba
acerca de su negocio y de
su valía profesional.

Atraída por su enemigo

Maisey Yates

Danza de pasión

KATHERINE GARBERA

Quizá debido al húmedo calor, quizá al palpitante ritmo de la música, Nate Stern, millonario copropietario de un club nocturno, no pudo resistirse a los encantos de Jen Miller. Aunque en Miami se le consideraba un playboy, jamás coqueteaba con sus empleadas. Sin embargo, Jen le hizo romper aquella regla de oro. Aunque Jen sabía que acostarse con su jefe era peligroso, el encanto de ese hombre de negocios le hizo bajar la guardia. De sobra conocía la fama de Casanova de Nate; pero cuando él la rodeaba con los brazos, le era imposible resistirse.

Bailando con el deseo

Bianca.

Una vez esposa de un Ferrara, siempre esposa de un Ferrara...

Laurel Ferrara no tenía suerte en el amor; su matrimonio había sido un desastre. Y no había bastado con irse sin más. Desde el momento en que habían reclamado su vuelta a Sicilia, los escalofríos de aprensión la asolaban...

La orden procedía del famoso millonario Cristiano Ferrara, el esposo al que no podía olvidar, pero habría dado igual que proviniera del mismo diablo...

Siempre el amor

Sarah Morgan